CUORE CORAZZA

MARYNA
CUORE CORAZZA

MONDADORI

Prima edizione: febbraio 2019

www.electa.it

A voi che a poco a poco
avete sgretolato la mia dura corazza
facendo uscire una luce pazzesca.

1

Le onde si infrangono sugli scogli, la brezza marina accarezza dolcemente il mio viso accaldato e i miei capelli danzano seguendo il ritmo del vento. È una pigra domenica d'estate e sono comodamente distesa sulla mia sdraio a pochi metri dal mare.

Nell'aria c'è odore di crema solare e di gelato al cocco. È tutto perfetto, anzi quasi perfetto: manca solo la musica. Mi sollevo, prendo lo zainetto pieno delle mie solite, amate cianfrusaglie e cerco lo smartphone. Mi infilo le cuffiette, chiudo gli occhi per lasciarmi trasportare dalla canzone che ho selezionato e... e i timpani mi esplodono.

Un suono acutissimo mi perfora le orecchie.

Spalanco gli occhi di colpo. E mi accorgo che non sono al mare, ma nel mio letto.

Avvolta a bozzolo nelle lenzuola, tanto che per spegnere la maledettissima sveglia che continua ad assordarmi devo torcermi come una contorsionista.

Sono le 7.10, oggi non è domenica ma lunedì. Non è più estate, ma è il mio primo giorno di scuola e sono terribilmente in ritardo. Come sempre.

Mi precipito giù dal letto, ma un piede mi rimane impigliato nel lenzuolo e casco di faccia. Per fortuna sul tappeto di pelo rosa, che attutisce il colpo e mi evita un occhio nero.

Se il buongiorno si vede dal mattino, direi che l'inizio non è proprio dei migliori.

Mi fiondo in bagno, apro la doccia e mentre aspetto che l'acqua si scaldi mi do un'occhiata veloce allo specchio.

Ho gli occhi gonfi e la faccia di una che ha dormito pochissimo: per tutta la notte mi sono girata e rigirata nel letto come una frittata e per addormentarmi le ho provate tutte: dopo il grande classico delle pecore sono passata a contare gli unicorni e poi degli uramaki volanti (col risultato che mi è venuta una voglia di sushi pazzesca); infine ho aperto YouTube e mi sono guardata una sfilza di video ASMR, che solitamente mi fanno addormentare in pochi secondi, ma l'ansia questa volta era troppa.

Quando finalmente ho preso sonno, e sognavo di essere al mare in completo relax, la sveglia è suonata. Ovviamente.

Mi butto sotto il getto, sperando che l'acqua calda mi distenda un po' i nervi.

Rimarrei nella doccia per ore, ma è meglio che mi sbrighi visto che rischio di arrivare tardi a scuola. E, almeno oggi, non è proprio il caso.

Chiudo l'acqua, mi avvolgo nell'accappatoio, prendo il phon e mi asciugo in fretta i capelli. Che sono castano scuro, un po' mossi, lunghi e ribelli, e non so mai se tenerli sciolti o legati.

Malgrado la doccia, però, sono ancora agitata e super tesa. Devo fare qualcosa che mi calmi, ma che al tempo stesso mi dia una grande carica.

Chiudo gli occhi, faccio un respiro profondo. E immagino di essere in un camerino. Il mio camerino: sulla porta c'è scritto il mio nome.

Da qui riesco a sentire il brusio del pubblico. È un basso costante che cresce di intensità. Mi stanno aspettando.

Il camerino è pieno di cartelloni e mazzi di fiori. Il più bello, un bouquet di rose, è arrivato poco fa: me l'ha mandato nonna. Di sicuro sarà in prima fila a fare il tifo per me.

Faccio un altro respiro, stavolta col diaframma, per tenere a bada la tensione e per trovare la giusta concentrazione.

Poi immagino di prendere la mia vecchia chitarra, appoggiata lì nell'angolo, e lascio che tutto quello che ho dentro diventi musica. La mia voce riempie il camerino, rimbalza sulle pareti per tornare ad avvolgermi, morbida come una coperta quando fuori nevica e fresca come un cocktail in riva al mare d'estate.

È una magia che mi trasporta in un altro mondo. Non sono mai stata New York ma, quando canto, arrivo anche lì.

Mi immagino a Times Square, mentre canto *New York*,

New York: la folla frenetica si ferma, si blocca, le persone si avvicinano, mi sorridono, applaudono. Intorno a me un'esplosione di suoni e colori.

Quando canto, sono dappertutto. Quando canto, mi sento viva. Quando canto, sono me stessa, al cento per cento.

Mi stanno chiamando con voce sempre più forte: «Ma-ya! Ma-ya! Ma-ya! Ma-ya!».

È ora. Il momento è arrivato. Il mio momento. E mentre il mio cuore è sempre più un rullo di tamburi nel petto, il richiamo della folla si fa più incalzante: «Ma-ya! Ma-ya! Ma...».

«Maya!!! Ma insomma! Quante volte ti ho detto di uscire dal bagno? Siamo in ritardo!».

La porta si spalanca di colpo, e il viso furibondo di mia madre cancella il mio sogno a occhi aperti per riportarmi alla realtà. La dura realtà, appuntita come uno spigolo contro cui vado a sbattere. Con il mignolo, che fa un male cane.

«E perché tieni in quel modo la scopa? Mica è una chitarra!».

Divento rossa come un peperone. Mi ha beccata sul fatto. Ma non mi perdo d'animo: mi metto a spazzare forsennatamente il pavimento e cerco al volo una risposta plausibile.

«C'era uno strato di polvere sotto il lavandino, non sei contenta che ti dia una mano nelle faccende domestiche? Ti lamenti sempre che non faccio abbastanza in casa!».

«Ok, ok, pulisci pure ma fai in fretta, che siamo in ritardo. Prima di accompagnare te, devo lasciare a scuola tua sorella. E poi correre al lavoro. Muoviti, dài, che sei ancora in accappatoio».

«Lo so, mamma. Dammi ancora un paio di minuti, per favore».

«Guarda che occhiaie che ho. Ho gli occhi pesti peggio di un procione». La mamma mi si affianca e si guarda allo specchio. «Stanotte ho dormito pochissimo. Sono così nervosa. È un giorno importante per tutte. Il vostro primo giorno di scuola! Quando ero giovane io...».

«Mamma, ti prego. Non iniziare col tuo solito "quando ero giovane io". E poi non sei mica vecchia: esci tutti i weekend e hai quasi più amici di me su Facebook. Praticamente tra le due la più giovane sei tu!».

«Uh, grazie del complimento», mi risponde spalmandosi su viso e collo una crema antirughe.

«Sbrighiamoci. La colazione è già in tavola. Ho persino preparato i pancake, a tua sorella piacciono così tanto! Non vorrai mica affrontare il tuo primo giorno di liceo, in una città nuova, a stomaco vuoto!».

Ed ecco che a queste parole il mio stomaco si contrae di nuovo e inizia a bruciarmi come se avessi inghiottito una palla di fuoco.

Tra meno di un'ora sarò una studentessa dell'ultimo anno nel nuovo liceo linguistico privato che mio padre ha scelto per me. E la cosa assurda è che lui non è nemmeno qui a sostenermi, perché ormai vive dall'altra parte del mondo.

E come se non bastasse, non mi ha nemmeno scritto un messaggio per augurarmi buona fortuna.

Scaccio i pensieri tristi pensando che questo per me è un nuovo inizio: la vecchia Maya, quella un po' goffa e piena di insicurezze, quella che vorrei-ma-non-ho-il-coraggio, è rimasta al paesino, mentre la nuova Maya è pronta ad andare incontro al suo destino e a conquistare la città!

«Milano, aspettami, sto arrivando, ti conquisterò!», urlo allo specchio, incapace di frenare il mio entusiasmo.

«Se non ti dai una mossa non conquisterai un bel niente!», mi fa eco mia madre dalla cucina.

Accidenti, ma perché in questa casa non posso mai sognare un minuto in santa pace?

Mi do un'ultima occhiata allo specchio per controllare trucco e outfit: mi sono messa solo un po' di mascara e un fondotinta leggero, non amo il trucco pesante soprattutto a scuola, e per questo primo giorno ho scelto di indossare una maglietta bianca a maniche corte, un paio di jeans e le mie adorate sneaker rosa.

I capelli, dopo una veloce piastrata – basta un po' di umidità e diventano peggio di un nido di vespe impazzite –, li lascio sciolti, a incorniciarmi il viso.

Ma per oggi sono tranquilla: le previsioni danno bel tempo, quindi non corro il rischio di arrivare nella mia nuova classe e di incontrare i nuovi compagni sembrando una pazza appena uscita da una rissa in discoteca.

Vado finalmente in cucina, dove la mamma sta riempiendo la macchinetta del caffè, digitando messaggi sul suo telefono, allacciando il grembiule di Agnese e caricando la lavastoviglie.

Il tutto nello stesso momento, con risultati esilaranti: la polvere di caffè è sparsa ovunque sul pavimento, il telefono le cade nel lavello, il grembiule di mia sorella è allacciato tutto storto e la lavastoviglie fa un rumore minaccioso come se dovesse saltare in aria da un momento all'altro.

«Maya! Pensavo fossi stata risucchiata dallo scarico della doccia! Dammi una mano con Agnese, per favore».

Lancio un sorriso alla mia sorellina e mi chino a sistemarle il grembiule.

«Sei pronta per il tuo primo giorno di scuola?».

«Sì!», mi dice con voce squillante. «Che bello! Avrò delle nuove maestre e dei nuovi compagni con cui giocare e fare merenda! E poi c'è Diego, io lo amo!».

Diego è il suo nuovo fidanzatino: l'ha conosciuto al parco e si sono "fidanzati" quando hanno scoperto che frequenteranno la seconda elementare nella stessa scuola.

Per Agnese è tutto così semplice. A volte la invidio. Non ha tutte le paure che ho io.

«E tu, Maya, sei contenta di andare nella nuova scuola?».

«Sì, sì, certo», farfuglio afferrando un pancake dal piatto e infilandomelo in bocca tutto intero. Senza metterci sopra lo sciroppo d'acero, così che, asciuttissimo, per poco non mi soffoca.

«Contentissima!», riesco a sputacchiare fuori, tra un colpo di tosse e l'altro.

Per fortuna Agnese è impegnata a fare un inventario delle penne del suo astuccio, così non capisce che sto mentendo. E che ho pure rischiato la vita per un pancake.

Ma in realtà non sto proprio mentendo. Contenta? Sì, un po' sono contenta. Ma sono anche curiosa, angosciata, nervosa, pensierosa, spaventata... e quando sento tutte queste emozioni dentro di me, l'unico modo per non esplodere è cantare.

Come ho fatto ieri sera in camera mia, con le luci spente e a voce bassa perché nessuno mi sentisse.

Ma adesso non c'è più tempo per restare da sola con le mie emozioni e i miei pensieri, dobbiamo prepararci per uscire.

Butto giù il caffellatte – che sa di bruciato – che mi porge la mamma, afferro il mio zainetto in cui ho gettato dentro alla rinfusa un paio di quaderni, un diario e delle penne colorate, controllo di avere telefono e auricolari, e sono pronta.

Be', almeno vista da fuori. Perché dentro di me è tutto attorcigliato, come i panni dentro la lavatrice.

«Dài, ragazze, è ora! Su, su, tutte fuori, avanti marsch!», ordina la mamma con il tono di un generale.

Ci stipiamo nell'ascensore, strette come sardine, arriviamo al pianoterra e ci precipitiamo correndo fuori dal portone.

«Ma dov'è la macchina?», dice la mamma guardandosi intorno confusa. «Ieri l'avevo parcheggiata proprio qui accanto!».

«Mamma, magari non ti ricordi bene», provo a farla ragionare.

«Oddio, ce l'hanno rubata!!! E adesso come facciamo?».

«Ma chi vuoi che rubi quel rottame?!».

«Maya, non essere irrispettosa, per favore! E poi, con quello che costa la tua nuova scuola, chissà quando potremo permetterci una macchina nuova».

Ecco, oltre all'ansia della scuola ci mancava solo il senso di colpa. Come se non bastasse, mia sorella scoppia a piangere. E mia madre si attacca al cellulare chiamando polizia, pompieri, carabinieri e persino la guardia di finanza.

In questo momento potremmo vincere di sicuro il premio per la famiglia più disastrata dell'anno.

Mentre sul marciapiede si sta consumando quella tragedia, decido di andare al bar più vicino a chiedere se per caso durante la notte siano scomparse altre macchine.

Almeno è una mossa più utile che pretendere, come sta facendo mia madre, l'intervento della Scientifica per scoprire il Dna dei colpevoli.

E proprio quando giro l'angolo, eccola lì: la nostra auto, inconfondibile.

Con tutti i suoi bozzi, graffi e le sue ammaccature. Una vecchia combattente un po' malconcia che però non ha ancora intenzione di arrendersi.

«Mamma!!! Eccola, è qui! L'ho trovata!», urlo.

Sul parabrezza qualcuno ha addirittura lasciato una rosa rossa. La guardo incuriosita. Chissà chi l'ha messa lì? Decido di prenderlo come un segnale di buon auspicio.

La mamma arriva correndo sui tacchi, con Agnese in braccio.

«Oddio, che sbadata che sono, è che ho troppe cose a cui pensare, scusami Maya, anzi scusatemi tutte e due».

Io faccio spallucce e le sorrido, arresa: questa famiglia è sempre un po' un casino.

«E quella rosa da dove arriva?», chiede la mamma.

«Non ne ho idea», dico. «Mamma, non è che hai un ammiratore segreto?».

«No, non mi risulta!», ride lei. «Dài, buttala in quel cestino, che se la tengo in macchina poi ammuffisce».

Getto la rosa, poi dico: «Però ora sbrighiamoci. Adesso sono talmente in ritardo che a scuola mi conviene andarci direttamente domani».

«Non lo dire nemmeno per scherzo! Su, andiamo», mi rimbrotta la mamma.

Ci infiliamo a bordo. Mentre mia madre guida alla velocità della luce, sgommando e bruciando tutti i semafori, osservo la città che scorre fuori dai finestrini.

Milano per adesso mi piace. Non la conosco ancora bene, visto che viviamo qui da poco. Io, la mamma e Agnese ci siamo trasferite nell'appartamento di Porta Romana a fine giugno, e ho scoperto a poco a poco il mio nuovo quartiere nei giorni caldi dell'estate: mi sono piaciute da subito le stradine strette piene di locali pullulanti di persone, i numerosi negozi e i parchi. Ce ne sono tanti in zona, ma uno in particolare ha attirato la mia attenzione. Mi ricorda il parco del paesino in cui sono cresciuta, quando ero piccola ci andavo sempre con mamma e papà. Mi manca quella spensieratezza, mi manca la mia infanzia...

Non mi sono ancora fatta dei nuovi amici: ho un carattere non sempre facile, a volte pungo, oppure sono bloccata dalla timidezza. E poi non sono proprio quella che si definisce "l'anima della festa".

Io alle feste preferisco starmene un po' in disparte, osservare le persone e cercare di capire come sono fatte, quali sono i loro sogni.

E a volte finisco per essere etichettata come asociale. Ma ho semplicemente bisogno di un po' di tempo per fidarmi degli altri.

Spero che i miei nuovi compagni di classe siano simpatici e abbiano voglia di conoscere la vera Maya, quella che si nasconde dietro la corazza.

Nel frattempo siamo arrivate davanti alla scuola di Agnese.

«La accompagno un attimo dentro e torno subito, ok?», dice la mamma parcheggiando l'auto in seconda fila, incurante dei clacson e degli insulti degli altri automobilisti.

«Tutti nervosissimi già di prima mattina. Devo ammettere che qualche luogo comune su Milano è vero».

Do un bacio veloce alla mia sorellina, che ha già individuato il suo Diego in mezzo agli altri bambini, e tiro fuori il cellulare dalla tasca dello zainetto per far passare il tempo più in fretta.

Da quando ho cambiato numero, l'ho dato solo a poche persone fidate. E infatti c'è una sola notifica di WhatsApp.

In bocca al pupo per il tuo primo giorno, nonna.

Sorrido. Mia nonna Paola non ha ancora imparato ad usare il T9 e si firma sempre, come se mi avesse scritto una lettera.

Le rispondo: *Grazie nonna, speriamo che il pupo non morda!* ;-)

Ma non è più online e non ottengo risposta.

Di papà invece nessuna notizia. Ma a Boston sono circa le due di notte, e starà di sicuro dormendo. Certo che avrebbe pure potuto scrivermi prima di andare a letto. Ma si è dimenticato di me, come sempre.

Per fortuna, come un tornado, la mamma rientra in macchina scusandosi con gli automobilisti che le strombazzano contro.

«Andiamo andiamo andiamo, è tardissimo! Comunque questi milanesi sono un po' nervosetti, non credi?». E poi mette la testa fuori dal finestrino per urlare: «Fatevi una camomilla!».

«Mamma! Smettila di dare spettacolo!», dico imbarazzata.

Lei si gira verso di me, fa una faccia buffa ed esclama in perfetta dizione: «Lo sai che sono una *drama queen*», qualche secondo di silenzio e scoppiamo a ridere insieme come due matte.

Una cosa è certa, da lei ho ereditato il senso dell'umorismo.

Mentre mamma affronta il tragitto verso scuola come fosse un pilota di Formula 1, facendo cigolare ogni giuntura della macchina, in radio passano *No Tears Left to Cry* di Ariana Grande, una delle mie preferite.

Sento che non è un caso, l'hanno messa apposta per me, per darmi la giusta carica per affrontare questo primo giorno.

La canticchio, prendo il telefono e inizio a scorrere svogliatamente la timeline: i miei ex compagni di scuola hanno appena postato un selfie di gruppo, #lastyear #siricomincia. Sono tutti abbronzati, sorridono e sembrano contenti di essersi ritrovati di nuovo dopo le vacanze.

Lì, nell'angolo a sinistra, c'è anche *lui*. Esco subito da Instagram.

Anche io sto ricominciando. E il passato non può più farmi male.

2

Arriviamo davanti alla scuola. La mamma, impegnata a scansare un piccione in mezzo alla strada, ignora le indicazioni del navigatore e la sorpassa a tutta velocità.

«Ehi, mamma, fermati, fermati!!! Il mio liceo è qui!».

«Oh Maya, scusa, ero distratta! Rimedio subito!».

Fa un'inversione a U senza guardare nello specchietto retrovisore rischiando di travolgere un ciclista e finalmente inchioda di fronte all'istituto. La frenata lascia due impronte nerissime di pneumatici sull'asfalto.

Non oso immaginare quando tra pochissimo inizierò la scuola guida e lei mi dovrà dare qualche lezione.

Mi tremano già le ginocchia all'idea.

Le schiocco un bacio veloce sulla guancia, afferro lo zaino e mi precipito fuori dall'auto.

Ora sono veramente da sola. E sono agitatissima.

Ma sono troppo in ritardo per dare retta alle mie paure. Talmente in ritardo che davanti al portone non c'è nessuno, solo biciclette e motorini parcheggiati.

Con uno scatto da centometrista entro in volata nell'atrio.

Ma anche qui, il deserto.

Forse mentre venivo qui gli alieni hanno rapito tutti gli studenti per fare qualche strano esperimento, e questa è la loro prima mossa per conquistare tutta la Terra e fondare una nuova, meravigliosa società senza scuole, interrogazioni ed esami.

Ma sarebbe troppo bello per essere vero.

E infatti una voce mi distoglie dalle mie fantasie.

«Ehi, ehi, ragazza, ti pare questa l'ora di arrivare?».

Mi giro verso il corridoio e vedo un uomo barbuto con un paio di occhiali le cui lenti sono così spesse che sembrano fondi di bottiglia.

Indossa una giacca verde di velluto a coste con delle toppe scamosciate ai gomiti e un paio di pantaloni scampanati. Forse crede di essere ancora negli anni Settanta.

E con questo caldo deve sudare peggio che in una sauna finlandese.

«Ehm, sì, sono nuova, e mi sono un po' persa per arrivare qui», bofonchio imbarazzata.

«Ah, allora sei tu quella nuova. Sei stata assegnata alla mia classe. Piacere, sono Emilio Rombi, il tuo professore di italiano e filosofia».

Mi si fa più vicino e mi porge una mano. Dietro le lenti riesco a vedere i suoi occhi: sono piccoli ma azzurrissimi, e paiono bonari, nonostante il rimprovero di poco prima.

Afferro la sua mano tesa per presentarmi anche io.

«E io sono, ehm, Maya Ferreri, piacere».

«Bene signorina Ferreri, ti accompagno dalla preside».

Sbianco. E inizio a sudare freddo.

Già una nota il primo giorno? Di questo passo, sarò l'unica studentessa dell'universo a essere bocciata prima di Natale.

Che *epic fail*.

Il prof Rombi si accorge del mio turbamento e puntualizza: «Tranquilla, Ferreri, è solo perché la preside ci tiene a incontrare personalmente ogni nuovo studente per dargli il benvenuto. Seguimi».

Mi precede lungo i corridoi, tappezzati di bacheche con avvisi, circolari ministeriali, manifesti degli spettacoli del gruppo di teatro della scuola e fotografie dei vecchi studenti.

Poi il prof si ferma davanti a una porta chiusa e bussa con discrezione.

«Avanti!», risponde una voce imperiosa dall'interno.

Il prof Rombi mi fa l'occhiolino e mi sussurra «Buona fortuna», poi gira i tacchi e se ne va.

Entro nell'ufficio della preside col cuore che tamburella a mille.

Una donna piccolina sui sessant'anni in tailleur nero è seduta dietro un'enorme scrivania coperta di carte e mi squadra con aria minacciosa.

«Sì? Che vuoi?».

«Ehm... io so-sono Maya... Maya Fer-Ferreri... so-sono quella nu-nuova...», balbetto in preda all'agitazione.

«Ah, Ferreri! Eccoti, finalmente, ti stavo aspettando! Ma ti sembra questa l'ora di arrivare? Il primo giorno dell'anno più importante della tua vita, quello da cui dipenderà il tuo futuro, quello della maturità? Le lezioni iniziano alle 8.05, puntuali, e sono già le 8.17, ben dodici – dico do-di-ci! – minuti di ritardo! Qui noi spacchiamo il minuto, qui noi non tolleriamo ritardi, questa è una scuola seria!», mi rovescia addosso infervorandosi sempre di più.

«Sì, mi... mi scu-scusi, ma... ma il pull-il pullman, la me-la metro, il traff-il traffico...».

«Ferreri, non voglio sentire scuse! Oggi chiudo un occhio, ma che non capiti mai più».

«Sì, sì, cer-certo, mi scu-scusi ancora...».

«Ferreri, questa è una scuola di eccellenza! Lo standard è altissimo, e spero che ne sarai all'altezza», conclude la sua tirata.

Abbasso lo sguardo intimidita, cercando una risposta adatta nelle stringhe delle mie sneaker rosa.

Ma la preside non mi lascia il tempo.

«E comunque, Ferreri, tua madre non mi aveva detto dei tuoi, ehm, problemini di balbuzie. Dovremo procurarti una logopedista. Qui correggiamo ogni difetto, perché i nostri studenti possano eccellere all'università e nella vita!».

Questa preside è peggio di un dittatore. Le mancano soltanto le mostrine sul tailleur.

E qualche trofeo di guerra sulle pareti, tipo lo scalpo di qualche studente gravemente insufficiente.

Chissà se rinchiude nello scantinato gli studenti che hanno il cinque fisso in matematica, tenendoli in vita a pane secco e acqua finché non risolvono in un minuto le equazioni di terzo grado.

Ma questo è un liceo o un campo militare? Voglio evadere il prima possibile!

Mi riscuoto di colpo, raddrizzo la schiena e prendo un bel respiro.

Mi schiarisco la voce e dico: «Signora preside, grazie per

l'interessamento, ma io non balbetto. E quello di oggi è stato solo uno sfortunato caso, da domani arriverò puntuale e mi impegnerò a *eccellere* in tutte le materie!».

Stavolta non balbetto e scandisco bene la parola "eccellere", visto che sembra piacerle così tanto.

E infatti... bingo!

«Brava Ferreri, così mi piaci. Schiena dritta e carattere d'acciaio! È così che si ha successo nella vita, è così che si...».

«...*eccelle!*», completo io la frase.

Mi guarda con gli occhi sgranati e finalmente sorride. Ha un sorriso da iena ridens, ma meglio di niente.

L'ho conquistata. E per fortuna è bastato poco.

Maya - preside Iena 1 a 0!

«Ferreri, andremo d'accordo noi due, me lo sento! Abbiamo iniziato col piede sbagliato, ma ora correggeremo il tiro!».

Faccio di sì con la testa e la assecondo. Mia nonna mi ha insegnato che ai matti bisogna sempre dare ragione.

«E ora seguimi, Ferreri, ti scorto nella tua classe! Come hai detto che ti chiami... Mara, giusto?».

«Maya».

«Bene, Mala. Ma che nome insolito. Ha un sapore esotico. I tuoi sono stranieri?».

Ok, questa donna è completamente, completamente scioccata.

«Veramente mi chiamo Maya».

Ma lei ha già smesso di ascoltarmi e mentre si alza dalla scrivania, esce dall'ufficio e si incammina lungo il corridoio, continua a parlare senza sosta.

Un monologo ininterrotto, un fiume di parole nel quale rischio di affogare.

«Ecco, qui c'è la sala professori, e più in là la biblioteca, abbiamo circa ventimila volumi tutti catalogati per anno casa editrice ordine alfabetico di autore traduttore ed eventuale curatore, la biblioteca è la mia creatura più adorata, è come se fosse un figlio, peccato che gli studenti, ah gli studenti, quegli scioperati, quei fannulloni, mangiano le merendine e lasciano impronte di unto sulle pagine, capisci cara Mara...».

«Maya, signora preside».

«Capisci, Mara, ogni volta che vedo una macchia di unto sui miei amatissimi volumi mi sento male, il bidello mi deve rianimare, mi vengono i capelli bianchi...».

Non oso farle notare che i suoi capelli, se non fosse per la tinta color campo da tennis, sarebbero già tutti bianchi.

Ma comunque, quanto parla questa donna? Non c'è un tasto per spegnerla?

Qualcuno mi salvi, per favore.

«Per non parlare delle orecchie alle pagine! Per tenere il segno si usano i segnalibri, non le orecchie, lo dice anche la parola, no? Segnalibro, ovvero segna-libro. I libri sono sacri! Le orecchie sono una violenza inflitta alla cultura! Ma gli studenti, ah gli studenti, Mara so che tu puoi capirmi, non ci sono più gli studenti di una volta, una volta c'era la disciplina, e ora invece gli studenti lasciano le macchie di unto, fanno le orecchie alle pagine e invece di immergersi nelle gioie della cultura – sì Mara, le gioie, perché lo studio è sofferenza ma poi regala immense soddisfazioni, impagabili, celestiali! – gli studenti non fanno altro che... non fanno altro che...».

E qui la voce le trema un po' e si interrompe.

Mi impensierisco. Forse non si sente bene?

«Non fanno altro che?», domando cortesemente.

Si volta verso di me e vedo che ha gli occhi pieni di lacrime. Quasi mi fa tenerezza.

Quasi, però.

«Perdere tempo con giùtube!!!», risponde affranta.

«Perdere tempo con... cosa?».

La guardo confusa.

«Sì, giùtube, giùtube, quella roba sull'internet!».

«Aaaah, YouTube!», la correggo.

Mi mordo l'interno delle guance per non scoppiare a ridere.

«Sì sì, giùtube, e io che ho detto? Sempre lì a smanettare con questi telefoni, questi smartfoni, questo uozzappe!!! Non mi fraintendere, Mara, in questa scuola i nostri laboratori di informatica sono all'avanguardia, un punto d'eccellenza...».

Erano già trenta secondi che non pronunciava questa parola. Quasi mi stavo preoccupando.

«Ma insomma, io dico, che gusto c'è a guardare quelle robe

su giùtube quando si possono leggere i classici della letteratura russa? Quella sì che è vita!».

«Certo, ha assolutamente ragione!», mi affretto a dire per farla contenta.

«Mara, io le persone le capisco al volo. E so, *sento*, che io e te siamo anime simili. Io non mi sbaglio mai. Dimmi che tu non guardi giùtube, ti prego, e che non fai le orecchie ai libri!».

C'è un attimo di silenzio. Come posso confessarle che senza YouTube non vivo?

Adoro guardare video divertenti, ascoltare musica e scoprire nuovi artisti e voci interessanti. Chissà, magari un giorno anche io girerò un video di una mia canzone... ma per ora è solo un sogno.

E poi io i libri li leggo, sì ne leggo tantissimi, ma non li tratto certo con l'attenzione e i riguardi che pretende la preside Iena.

Più li amo, più i miei libri sono pieni di orecchie e frasi sottolineate.

A volte leggo anche tre libri contemporaneamente, e quando non faccio le orecchie per tenere il segno li lascio a faccia in giù sul divano o sul mio comodino.

E i segnalibri di solito li perdo dopo dieci minuti.

Come posso dire la verità alla preside? Di sicuro non la prenderebbe bene, ed è così fuori di testa che potrebbe darmi tre giorni di sospensione.

Certo, potrei inventarmi una balla, ma non sono per niente brava a mentire.

Si vede lontano un chilometro quando non sto dicendo la verità: i miei occhi saettano in tutte le direzioni, mi tocco il lobo dell'orecchio, saltello da un piede all'altro.

Ma stavolta ne va della mia sopravvivenza. Devo mentire.

Impongo ai miei occhi di rimanere fissi in quelli della preside, alle mie mani di non muoversi e ai miei piedi di stare fermi.

Rigida come un merluzzo surgelato, mi preparo a sparare una balla mostruosa a questa donna che, se avesse una macchina del tempo, se ne tornerebbe dritta filata nel Medioevo.

«Ehm... ecco... io...».

In tutto questo spero che il mio cellulare non suoni per l'arrivo di una notifica di WhatsApp, anzi *uozzappe*, come direbbe la preside Iena.

Non suonare ti prego non suonare non suonare...

«Signora preside!».

«Come osi disturbarmi? Non vedi che sto parlando con Mara?», tuona la preside alzando la voce di almeno tre ottave.

Se gli sguardi potessero uccidere, il bidello che ci corre incontro sarebbe già morto e sepolto.

«Signora preside, mi scusi se la disturbo, ma abbiamo un piccolo problema in biblioteca. Sembra che un topo abbia smangiucchiato le copertine di alcuni libri...».

«Cooooooosa?! Un topo??? Ma è gravissimo! Chiamate la disinfestazione subitooooo!», urla in preda al panico.

Con le mani nei capelli, si dimentica di me e inizia a correre disperata in direzione della biblioteca.

E quando svolta l'angolo barcollando sui tacchi e scompare dalla mia vista, tiro un sospiro di sollievo. Finalmente sono libera dalla sua logorrea.

Mi guardo intorno: mi trovo nel corridoio della sezione B, e la 5ª B è la classe a cui sono stata assegnata.

Passo davanti alle porte chiuse delle altre classi fino ad arrivare in fondo al corridoio, dove c'è la mia aula.

La porta chiusa della 5ª B è uguale a tutte le altre, ma appena me la trovo davanti sento un brivido di eccitazione e di nervosismo che mi attraversa la schiena.

Ma la mia mattinata è già stata così stressante che non ho più la forza per preoccuparmi.

E credo di avere già toccato il top del disagio con la preside squilibrata.

Quindi, succeda quel che deve succedere.

Faccio un respiro profondo e busso.

Stavolta non aspetto che qualcuno mi dica "avanti", ma abbasso la maniglia e apro decisa la porta.

«Eccoti, benvenuta!», dice una voce familiare.

Seduto in cattedra c'è il professor Emilio Rombi, che mi sorride da sotto la sua barba foltissima e mi fa l'occhiolino.

«Ragazzi, questa è Maya Ferreri, la vostra nuova compagna di classe. Su, entra!».

Per fortuna mi ha evitato l'imbarazzo di presentarmi.

Mi sta già simpatico, anche se ha un pessimo gusto in fatto di vestiti.

Mentre avanzo piano nell'aula, mi sento addosso gli sguardi di tutti. Spero di non inciampare e di non essere arrossita troppo.

«Buongiorno a tutti», riesco a dire alzando la mano destra in un mezzo saluto.

Ho ventidue paia di occhi puntati su di me. Mi sento come un insetto esaminato al microscopio.

«Bene, Ferreri, qualcosa mi dice che il tuo presentarti in aula a lezione quasi terminata sia dovuto al fatto che la nostra cara preside non è – come possiamo dire? – una persona di poche parole».

Risate in aula. Anche io sorrido e annuisco.

«Sappiamo bene che la nostra preside non possiede il dono della sintesi. Ma ora siediti, Ferreri, così posso concludere la lezione. Avremo tempo di conoscerci meglio durante quest'anno che passeremo insieme».

Vado a sedermi nell'unico banco libero, sulla destra della cattedra in ultima fila. Il posto accanto alla finestra è occupato da una ragazza con capelli rossi, occhi verdi e lentiggini, che mi lancia un sorrisetto distratto prima di ritornare a scrivere messaggini sul cellulare che tiene nascosto sotto il banco.

Mentre il prof finisce di spiegare qualcosa a proposito del Romanticismo e della polemica con i classicisti, mi guardo intorno.

Vedo capelli freschi di parrucchiere, pieghe perfette, onde che ricadono morbide e naturali sulle spalle delle mie nuove compagne.

Vedo borse firmate appoggiate alle sedie e scarpe che fino a quel momento avevo visto solo nelle riviste di moda.

Mi paiono tutti così perfetti. Snob e impeccabili.

Poi, vicino alla porta, nei banchi in prima fila, noto due ragazze uguali.

Stessi capelli biondi lisci lunghi fino a metà schiena, zero doppie punte, stile pubblicità di uno shampoo, stessa pelle senza l'ombra di un poro dilatato, stesso lucidalabbra perlato, stessa collanina d'oro, stessi vestiti.

Cioè, sono praticamente la stessa persona.
Vedo sicuramente doppio.
Ma non sono ubriaca. L'ultima volta che ho bevuto era Ferragosto: alla festa del paese ho preso un paio di birre che il giorno dopo mi hanno fatto venire un'emicrania pazzesca.
Dev'essere stato il trauma della parlantina della preside Iena, oppure devo iniziare a mettermi gli occhiali.
Sbatto bene le palpebre e strizzo gli occhi, ma il risultato non cambia.
Allora tocco piano il gomito della mia compagna di banco e le chiedo sottovoce: «Ma sbaglio o là davanti ci sono due ragazze uguali? Cioè, ma sono proprio *identiche*!».
«Devi proprio venire da un altro mondo, tu. Non lo vedi che sono gemelle?», mi gela lei bruscamente senza smettere di digitare messaggini.
Mi sento la solita sfigata.
Buon primo giorno di scuola, Maya.

3

Il prof Rombi finisce la lezione assegnandoci già un mucchio di compiti per la prossima volta, e al suono della campanella raccoglie le sue cose dalla scrivania e se ne va.

Prima però mi fa un altro occhiolino di incoraggiamento.

Gli faccio un sorriso stiracchiato.

Mi dispiace che la sua lezione sia già finita, perché per adesso qui dentro lui mi pare l'unica persona normale.

Nei pochissimi minuti del cambio d'ora, nella classe si scatena il caos.

Tutti chiacchierano, prendono il telefonino per mandare messaggi vocali, due ragazzi dal fisico atletico fingono di fare la lotta per poi abbracciarsi e darsi amichevoli pacche sulle spalle.

Le gemelle parlottano fitto fitto con una ragazza seduta dietro di loro.

È alta, magra ma con le curve al punto giusto, capelli biondo miele con delle onde che sembrano disegnate (quelle che chiedo sempre al mio parrucchiere ma che non riesce mai a farmi). Grandi occhi azzurri. Una Barbie, praticamente.

Osservo il terzetto con la coda dell'occhio. A un certo punto la ragazza bionda si volta verso di me.

I nostri sguardi si incrociano: i suoi occhi mi osservano con un misto di divertimento e ostilità.

La ragazza poi mi fa un sorrisetto ambiguo che assomiglia di più a una smorfia, e io abbasso subito lo sguardo sul banco.

Un po' a disagio, tiro fuori il diario e faccio finta di scrivere qualcosa.

Poi, dato che nessuno viene da me a rivolgermi la parola, controllo il cellulare: c'è una sola notifica, è di mamma.

Come sta andando? Baci!!!

Le rispondo con l'emoji dell'*Urlo* di Munch, ma poi per non farla preoccupare aggiungo una sfilza di cuoricini di tutti i colori.

Poco dopo in classe entra la prof di inglese.

Miss Capobianco è un donnone imponente: la sua mole la fa traballare sui tacchetti delle scarpe di vernice.

Indossa un abito vaporoso multicolore che la fa assomigliare a una mongolfiera e che mette ancora più in risalto le sue forme esplosive.

Quando finalmente raggiunge la cattedra e posa la borsa e i libri che teneva sottobraccio, emette uno sbuffo con fischio come fosse una locomotiva.

«*Hi guys, how av you?*», chiede dopo essersi seduta pesantemente.

«*Fine, thanks*», risponde la classe in coro.

«Bvavi vagazzi. Ova facciamo l'appello».

Miss Capobianco ha una R moscia molto accentuata, e quando la pronuncia sembra una V.

«Maya Fevvevi?».

«Presente!», rispondo.

«Ah, quella nuova. Bvava, bvava, ben avvivata. *Nice too meet you*. Vuoi un bonbon, cava?».

E tira fuori dalla borsa un enorme sacchetto pieno di caramelle di tutti i tipi.

«Ehm, no grazie, non mi piacciono molto i dolci...».

«A me sì, come puoi vedeve. Io adovo i dolci, non viesco a smetteve di mangiavli, poi salgo sulla bilancia e mi dispevo».

«Eh...», annuisco comprensiva, senza sapere bene cosa dire.

Lei scarta una caramella, la infila tra le labbra dipinte di rosso fuoco e va avanti con l'appello.

Scopro così che la mia loquace compagna di banco si chiama Mariasole detta Sole, che le gemelle rispondono al nome di Ginevra e Virginia Malpighi e che la bionda bellissima si chiama Clarissa Odescalchi.

La lezione inizia e non ho difficoltà a seguire: l'inglese è una lingua che amo e che mi viene naturale.

E poi quando ascolto una canzone in inglese, voglio sempre sapere il testo esatto per poterla cantare come l'originale.

Intanto Miss Capobianco sta chiedendo ad alcuni di noi di

raccontarle, naturalmente in inglese, come abbiamo trascorso le vacanze.

Se è soddisfatta della risposta, offre un bonbon in premio agli alunni che hanno risposto correttamente usando i *phrasal verbs*.

Spero che mi lasci in pace, non ho voglia di raccontare i fatti miei. Almeno non adesso.

Sento nominare posti da far girare la testa: Antille, Ibiza, Washington, Mauritius, Islanda, persino Polinesia Francese.

Non so nemmeno bene dove sia la Polinesia, più tardi la cercherò con Google Maps.

Io invece quest'estate sono stata occupata col trasloco, e ho solo trascorso una settimana a casa della nonna, nel suo paesino ai piedi della montagna.

È stata una settimana bellissima: ho fatto lunghissime passeggiate, i bagni nel fiume con l'acqua gelida, preparato torte degne di una pasticcera provetta.

Ero talmente felice che non mi importava nemmeno che non ci fosse quasi mai campo e non potessi usare internet.

Mi ero premunita scaricando migliaia di canzoni sul cellulare, così non mi sono privata dell'unica cosa di cui sono dipendente: la musica.

Mariasole, interrotta finalmente dal suo digitare compulsivo, racconta in un inglese zoppicante di essere stata in Puglia, ospite dei suoi nonni che a quanto pare possiedono una mega villa con piscina olimpionica in mezzo ai trulli.

Non sembra essersi divertita un granché lì, anche perché poi la villa è stata invasa da una produzione cinematografica che ha girato alcune scene di una serie tv.

Le è andata meglio quando è partita per una vacanza studio a Londra: lì ha fatto shopping a Oxford Street, partecipato a party scatenati, conosciuto un sacco di gente...

«Dài, Mery, dilla tutta. Non hai conosciuto qualcuno di speciaaaale?», scherza uno dei ragazzi – si chiama Marco, o Mirco, non ricordo bene – sbattendo vistosamente le ciglia e facendo un cuore con le mani.

«Ehi, cosa stai insinuando? Fatti i fatti tuoi, sennò vedi! E se mi chiami ancora Mery anziché Sole ti chiudo la bocca con un pugno!».

La mia compagna di banco mi pare un po' aggressiva. Meglio non provocarla.
«Vagazzi, vagazzi, *be quiet, please*», interviene la prof. «*Sun, take youv candy, come on!*».
E anche Sole, nonostante la sua esposizione non sia stata delle migliori, si guadagna una caramella.
«*Thank you*, prof!».
Dopo aver preso il suo premio, se ne torna al banco masticando soddisfatta e in meno di un secondo ha già ripreso a digitare sullo smartphone come una pazza.
Se continua così le verrà una tendinite.
La lezione prosegue senza troppi scossoni: Miss Capobianco – anzi, Miss Whitehead, come la chiamano scherzosamente alcuni ragazzi – è dolce come lo zucchero delle caramelle che ingurgita a ripetizione, e non vuole, parole sue, «stressarci troppo» per questo primo giorno.
È un personaggio decisamente buffo, ma nessuno l'ha presa in giro con cattiveria.
È chiaro che coi suoi modi singolari, e anche con le sue caramelline come premio, è riuscita a farsi amare.
I 55 minuti con Miss Capobianco passano abbastanza in fretta, poi c'è la lezione che temo di più: matematica.
Io di numeri non ne capisco niente, li odio, mi confondono tutte quelle x e y delle equazioni. Ma perché uno si deve complicare la vita, che è già abbastanza difficile, con la matematica?
Al mio vecchio liceo avevo una professoressa molto brava e paziente che ripeteva le cose moltissime volte, ma che soprattutto era estremamente di manica larga con i voti.
E malgrado ciò non sono mai andata oltre un sei strappato a fatica.
La matematica è davvero il mio incubo.
Mi sono sentita molto meglio quando, qualche anno fa, ho letto un articolo che parlava di alcuni ricercatori che avevano scoperto che per capire la matematica ci vuole un gene speciale.
Bene, io chiaramente non ce l'ho. E sarei pronta a fare l'esame del Dna per dimostrarlo a tutto il mondo.
Il prof di mate è uno spilungone ossuto che ha trent'anni ma ne dimostra cinquanta.

È talmente magro che i vestiti gli cadono addosso come se fosse uno spaventapasseri, e in testa ha pochi capelli.

Per coprire la calvizie, si è fatto un riporto imbarazzante.

Ha la pelle più bianca delle pagine del libro di testo, con delle sfumature giallastre.

Ho sempre pensato che la matematica facesse male alla salute.

Ora ne ho la conferma.

Quando si alza dalla cattedra, si muove tutto scoordinato e si mette a riempire la lavagna di segni incomprensibili.

Mentre spiega, mulina le braccia come se stesse affogando.

E sputacchia tutto intorno: i ragazzi ai primi banchi fanno facce schifate e si proteggono coprendosi dagli schizzi con i quaderni, mentre quelli seduti dietro lo riprendono di nascosto, pare stiano realizzando un video con tutte le papere del prof per postarlo su YouTube.

La lezione dura tantissimo, mi sembra interminabile: nessuno è in grado di risolvere i problemi proposti dal prof, e tutti si fanno beatamente i fatti loro.

Lui arranca, sputacchia, tenta di attirare la nostra attenzione ma alla fine è costretto a rispiegarci più e più volte ogni singolo passaggio, visto che noi non siamo in grado di fare da soli.

«Ragazzi, dài, non è così difficile, questo esercizio lo sanno fare pure in prima! Ricordatevi che quest'anno avete la maturità. Su, concentriamoci, per piacere».

Sulle due P di "per piacere" parte una raffica di sputacchi che colpisce le prime file.

Mentre sta scrivendo una serie di sigle sulla lavagna che per me non hanno minimamente senso, suona la campanella dell'intervallo.

Tutti si rianimano all'improvviso, esplodono in grida festose e si precipitano fuori dalla classe.

In aula rimaniamo io, il prof e Sole, che è totalmente in simbiosi col suo telefono e non si accorge di nulla.

Poi anche il prof se ne va borbottando qualcosa tipo: «Se l'avessi saputo che finiva così, avrei aperto una lavanderia automatica».

Resto da sola con Sole e tento un approccio amichevole.

«Ehi, Mariasole, ehm... Sole. Che ne dici di un caffè alla macchinetta?».

Dopo un'ora di mate mi serve un po' di caffeina per non crollare sul banco.

«Ma non lo vedi che sono impegnata? Sei un po' troppo grande per avere ancora bisogno della baby-sitter, no?».

È davvero troppo prepotente per i miei gusti e non ho più intenzione di starmene zitta.

«No, cara Sole, nessuna baby-sitter, grazie. Me la cavo benissimo da sola. E comunque la gentilezza è gratis, e a scrivere messaggi per troppo tempo rischi di beccarti il tunnel carpale».

Nemmeno io so bene cosa sia il tunnel carpale, ma la minaccia sortisce il suo effetto perché Sole alza gli occhi dal telefonino e finalmente mi mette a fuoco.

«Ehi, nuova arrivata, hai proprio un bel caratterino! Mi sa che ti avevo sottovalutata. Ok, scusa. È che la scuola mi prende proprio male. E non ho tempo per il caffè, devo scrivere al mio boy. Le macchinette le trovi al secondo piano».

La ringrazio per l'informazione ed esco nel corridoio, cercando le scale che portano al secondo piano.

Ovviamente mi perdo, e mi ritrovo nel cortile.

I ragazzi più piccoli, soprattutto i primini, osservano con timore reverenziale i più grandi, che si danno arie da adulti e si pavoneggiano davanti alle ragazze.

Fa ancora caldo, i ragazzi indossano camicie a maniche corte che mettono in mostra i muscoli e quasi tutte le ragazze hanno deliziosi vestitini al ginocchio in seta.

Sono molto curate, eleganti e sofisticate. Perfette, nemmeno un capello fuori posto.

Mi pare di stare sul set di uno shooting di moda.

Io, col mio outfit semplice e super comodo, mi sento un pesce fuor d'acqua.

Mentre mi guardo intorno, la mia attenzione viene attirata da un gruppetto decisamente anomalo che confabula in un angolo: tre ragazze dai capelli lunghi e neri, bianche come se non avessero mai preso un raggio di sole in vita loro.

Bianche cadaveriche.

Vestite tutte di nero, con anfibi al ginocchio.

Sembrano le controfigure di Voldemort.

Anche se il naso ce l'hanno.

«Pssss... quelle sono le Disgrazie, attenta!», mi sussurra una vocina all'orecchio facendomi sobbalzare.

Mi giro di colpo e vedo una ragazzina gracile con un paio di occhialoni da vista. Ovviamente firmati. Deve essere al massimo al secondo o terzo anno.

«Sono... chi?», chiedo senza capire.

«Le Disgrazie: Atena, Milena e Maddalena. Sono loro che dettano legge sulle attività culturali della scuola. Sono a capo del gruppo di teatro e del giornalino d'istituto e di ogni comitato. Sono intelligentissime!!!».

«Ah, interessante...», dico, in realtà pochissimo interessata.

«E poi sono studiose di astrologia. Si vocifera che siano un po' streghe. Come gli antichi Greci, leggono il futuro nel volo degli uccelli. Pensa che anche la preside si fa leggere da loro i fondi del caffè della macchinetta».

Ok, con questa notizia la preside Iena ha definitivamente perso ogni credibilità.

E la storia inizia un po' a divertirmi. Come si fa a predire il futuro guardando gli stormi di *piccioni*? Qui a Milano sono gli unici uccelli che ho visto!

«Ma le chiamano Disgrazie perché hanno predetto qualche sciagura? Così vestite super dark in effetti sono un po' lugubri...», dico.

«No, no, si chiamano così perché sono agli antipodi rispetto alle Grazie!».

«E chi sarebbero queste Grazie?».

D'improvviso il suo labbro inferiore inizia a tremare.

La sua mano destra si alza e l'indice punta delle figure lontane che si stanno dirigendo verso di noi.

«Eccole! Eccole! Oddio, non posso farmi vedere! La gonna non è coordinata alla maglietta!».

E scappa via velocissima.

Non capisco cosa stia succedendo.

Guardo nella direzione che la ragazzina ha indicato e vedo Clarissa, Ginevra e Virginia che vengono verso di me.

Al loro passaggio la folla si apre, tutti le osservano incantati, i ragazzi smettono di parlare e le ragazze hanno gli occhi pieni di ammirazione e invidia.

Effettivamente le tre fanno la loro figura: alte, magre e biondissime, sembrano delle modelle in passerella.

Ecco chi sono le Grazie. Le più belle della scuola.

E puntano proprio verso di me. Ma cosa vogliono?

In un attimo mi sono attorno. Mi circondano, come fanno gli squali con la preda.

«Ciao, Maya», dice Clarissa piantandomi in faccia i suoi occhioni azzurri.

«Ciao...», fa Virginia (o Ginevra?).

«Maya!», completa Ginevra (o Virginia?).

Le gemelle sono indistinguibili, e i loro nomi sono praticamente un anagramma l'uno dell'altro. Chissà come faranno i professori a non confondersi.

Pure i loro genitori secondo me fanno fatica.

«Ehm, ciao ragazze», rispondo, neutra.

«Mi piace il tuo outfit, e le tue scarpe poi sono top, adoooro!», dice Clarissa girandomi intorno – proprio come uno squalo che cerca il punto giusto da azzannare – ed esaminandomi da capo a piedi. «Hai un look essenziale ma non banale, e poi almeno sei diversa da tutte le altre», sbuffa.

Diversa. È l'aggettivo che meglio mi descrive, sia in positivo che in negativo. Essere diversa vuol dire distinguersi dagli altri, ma anche essere vista sempre come quella stramba.

Accidenti, ma ce l'ho scritto in fronte che sono diversa?

«Sì, sì, diversa», squittiscono in coro le gemelle.

«Io apprezzo chi mostra la sua personalità. Qui tutte le ragazze mi imitano, vogliono essere me, non hai idea di quanto sia stressante!», continua Clarissa sbuffando in modo teatrale.

«Sì, sì», squittiscono ancora le altre.

«Posso immaginare...», faccio io, disponibile.

Ma no invece che non posso immaginare: nella mia vecchia scuola nessuno voleva essere me.

Nessuno voleva essere la Maya-seriosa-timida-insicura, quella che quando in classe era l'unica a sapere la risposta giusta non alzava mai la mano perché non voleva attirare l'attenzione. A volte nemmeno io voglio essere me!

«Maya. Hai un bellissimo nome. Il mio è così ordinario! Ma è l'unica cosa ordinaria di me, per il resto so di essere straordinaria, non è vero ragazze?».

«Sì, sì», rispondono in coro le gemelle.

Autostima da vendere, questa Clarissa. Se avessi anche solo un briciolo della sua sicurezza, di sicuro starei molto meglio con me stessa.

E non dovrei litigare ogni santo giorno con lo specchio.

«Comunque, Maya. Benvenuta nella nostra classe. E fa' attenzione alle Disgrazie, mi raccomando!».

E prima ancora che io possa rispondere se ne va, seguita a ruota dalle sue ancelle Virginia e Ginevra.

Questa conversazione mi lascia un po' frastornata, ora ho assolutamente bisogno di un caffè. Con due bustine di zucchero.

Chiedo indicazioni a una bidella di passaggio e mi precipito verso le macchinette: ho tipo due minuti di tempo prima che ricominci la lezione.

Per fortuna non c'è nessuno in coda: sfilo in fretta le monetine dalla tasca dei jeans, ma una mi sfugge dalle mani e rotola poco più in là.

Mi chino per raccoglierla e picchio la testa contro qualcuno che si è abbassato nello stesso momento. Una botta bella forte.

«Ahia!», mi sfugge un lamento.

«Cavolo, scusa, volevo solo aiutarti! Eccoti la tua monetina!».

Mi rialzo massaggiandomi la fronte e mi trovo davanti un figo da paura. Alto, spalle larghe da nuotatore e un sorriso mozzafiato.

«Ti sei fatta male? Ti devo portare in infermeria? So che ho la testa dura», chiede preoccupato.

«No, grazie, sto bene. Un attimo e passa tutto».

«Non ti ho mai vista qui a scuola. Sei nuova?».

«Sì, oggi è il mio primo giorno».

«Be', ora devo scappare a lezione. Spero di vederti presto. È stato un piacere incontrarti, anzi, scontrarmi con te!».

Lo guardo allontanarsi svelto lungo il corridoio. Quando arriva a metà, si gira e mi sorride.

Il mio battito è accelerato, lo ammetto.

Quando mi volto di nuovo verso la macchinetta, vedo Clarissa appoggiata al muro, poco più in là.

Deve aver visto tutta la scena.

I suoi occhi azzurri sono duri come il ghiaccio e mi trafiggono con uno strano misto di odio e tristezza. Poi anche lei se ne va.

La campanella suona, e io non ho nemmeno più il tempo di prendere il caffè.

Ma quando finisce questa mattinata?

4

Io non lo so di preciso quando è nata la mia passione per la musica.

Da che mi ricordi, la musica è sempre stata presente nella mia vita.

La musica ha il super potere di tranquillizzarmi quando sono agitata, darmi la carica quando mi sento a terra, farmi sognare quando tutto sembra andare a rotoli.

Senza musica la mia vita non avrebbe colori.

Mi ricordo che, da piccolina, dopo i pranzi di Natale mio cugino più grande, Stefano detto Ste, prendeva la chitarra e, mentre gli zii giocavano a tombola, si metteva a suonare.

Appena lui iniziava a pizzicare le corde dello strumento, mi dimenticavo completamente dei regali ricevuti: abbandonavo case di bambole e peluche e mi sedevo a gambe incrociate davanti a lui, rapita dal suono della chitarra.

Ero come ipnotizzata, e meravigliata: come era possibile che da quelle sei semplici corde – tirate come il filo dei panni in cortile – uscisse una cosa così bella come la musica?

Doveva per forza essere una magia, non c'era nessun'altra spiegazione.

Mia nonna addirittura mi racconta sempre che quando avevo pochi mesi e facevo i capricci perché non volevo mangiare, bastava che lei si mettesse a cantare perché io interrompessi immediatamente il mio sciopero della fame.

Nonna Paola ha una voce bellissima, con un'estensione vocale straordinaria: avrebbe potuto fare la cantante, se non fosse rimasta incinta di mamma così giovane. Ha sempre pensato esclusivamente alla famiglia senza coltivare il suo talento. È grazie a lei che ho conosciuto grandissimi artisti d'altri tempi di cui ora so a memoria praticamente tutto il repertorio.

Quest'estate, quando sono andata da lei in vacanza, la cucina è stata il palcoscenico delle nostre esibizioni: mentre preparavamo gnocchi fatti in casa, sformati di verdure o crostate di frutta, cantavamo tutto il tempo.

Una volta eravamo così prese a cantare *Mi sei scoppiato dentro il cuore* di Mina che non ci siamo accorte che la torta nel forno stava bruciando.

Abbiamo rischiato di mandare a fuoco la casa, ma è stata una performance assolutamente incredibile, se ci ripenso ho ancora la pelle d'oca!

Quando però scherzando le ho detto che si doveva assolutamente presentare alle audizioni per qualche talent, ha minacciato di tirarmi in testa il mattarello.

«Dài, nonna, ti prego, sei bravissima!».

«Maya, ma ti sei dimenticata che ho quasi settant'anni?».

«Non è mai troppo tardi per realizzare i propri sogni! Ho già il nome pronto per te: Rebel Grandma, ovvero "nonna ribelle". Che ne dici, nonna, sei pronta a entrare nel mondo delle popstar? Poi ti faccio un bel profilo Instagram, vedrai se anche Beyoncé non diventa tua follower!».

È stato a quel punto che mi ha lanciato addosso le sue pattine. Che per fortuna sono di morbido feltro.

Poi siamo scoppiate a ridere a crepapelle, nella cucina invasa dal fumo della crostata bruciata.

È stato proprio mio cugino Ste a regalarmi la mia prima chitarra.

Dopo tanti Natali passati a tampinarlo come una stalker perché suonasse tutte le mie canzoni preferite, un bel giorno mi ha detto: «Senti, che ne dici se ti insegnassi a suonare? Così non avrai più bisogno di me. E il prossimo Natale sarai tu la star».

Oltre a regalarmi la sua vecchia chitarra, mi ha anche insegnato i primi rudimenti.

All'inizio mi sentivo un'imbranata totale.

La chitarra era troppo grande da tenere in braccio, e le corde troppe dure per le mie dita da bambina.

Ma non mi sono arresa. Quando mi ci metto sono una testa

dura. Anche io volevo creare quella musica che Stefano tirava fuori da quelle corde con tanta naturalezza.

E alla fine, dopo tanto impegno e anche tanta frustrazione – le prime volte quando suonavo sembravo un gatto a cui avevano pestato la coda –, sono riuscita prima a produrre dei suoni decenti, e poi accettabili.

Guardavo tutorial su YouTube e miglioravo giorno dopo giorno.

Le mie dita sono diventate veloci e i miei fraseggi precisi e puliti.

Non sono e non sarò mai una virtuosa dello strumento, diciamo che me la cavo. Però quando suono la chitarra e canto sento dentro di me un'emozione che mi scalda, come una piccola stella dentro la pancia.

Il mondo fuori non esiste più, esiste soltanto quella minuscola stella che piano piano si fa più grande fino a riempirmi tutta col suo calore, per poi esplodere come una supernova a canzone finita lasciando tutt'attorno scintille di felicità.

Ma non mi sono mai esibita in pubblico, la sola idea mi fa sudare freddo e tremare come una foglia.

Il mio problema è che sono bloccata dalla timidezza. E dalla paura di sbagliare. Dalla paura di non essere all'altezza.

Dalla paura di deludere i miei genitori se gli dico che il mio sogno più grande è fare la cantante e vivere di musica, e che non mi importa di avere una professione più sicura.

Dalla paura di deludere me stessa, perché non so se ho abbastanza talento, né così tanto coraggio da lottare per il mio sogno.

Quindi per ora la mia fan più grande è nonna Paola, e il mio unico spettatore è lo specchio della mia cameretta.

Se potesse parlare, come lo specchio magico della regina cattiva di *Biancaneve*, racconterebbe di una ragazza che tutti i pomeriggi imbraccia la chitarra e trasforma le sue emozioni e i suoi desideri in musica.

Una ragazza che quando canta è incredibilmente felice.

Appena arrivo a casa, mi butto sul divano. Prima di salire, nell'atrio ho preso la posta: la mamma se ne dimentica sempre, e dopo l'ultima volta che ci hanno staccato luce e gas perché si è dimenticata di pagare le bollette per sei mesi, ho deciso che mi sarei occupata io della corrispondenza.

Tra volantini pubblicitari di ogni tipo, ci sono anche dei dépliant delle pizzerie della zona: mi basta guardare le immagini delle pizze fumanti perché il mio stomaco inizi a brontolare selvaggiamente.

Ma non c'è solo pubblicità, c'è anche una busta bianca, senza destinatario né mittente.

La tasto, sembra che contenga qualcosa di piccolo e morbido. Decido di aprirla: dentro ci sono dei petali di rosa, bianchi. Che strano, stamattina la rosa rossa sulla macchina e ora questi petali... forse le due cose sono collegate, e la mamma ha davvero un ammiratore segreto di cui non mi ha mai parlato.

Mi ripropongo di indagare più tardi sulla faccenda, perché adesso sono esausta, questo primo giorno di scuola è stato super stancante.

Anche le ultime due ore in qualche modo sono passate: dopo la lezione di matematica, ho avuto spagnolo e infine storia.

Adoro lo spagnolo da sempre, è in assoluto la mia lingua preferita, ed è scoccato il colpo di fulmine anche con la professoressa: Carmen González, una ragazza giovane – avrà al massimo trentacinque anni – con uno stile anni Cinquanta alla Betty Boop. In più, è madrelingua: viene da Madrid, e parla italiano con un forte accento spagnolo.

È stata carinissima con me: abbiamo conversato un quarto d'ora su quanto è bella la Spagna, e in particolare Madrid.

Adoro letteralmente quella città: ci sono stata cinque giorni l'anno scorso per le vacanze di Pasqua, con mia mamma e Agnese.

È stata una vacanza favolosa. Abbiamo fatto grandi scorpacciate di tapas e paella, al solo pensiero mi viene l'acquolina in bocca.

Un giorno abbiamo noleggiato una barchetta per poter oziare nel laghetto artificiale al centro del Parco del Retiro.

Solo che la mamma non ha mai preso in mano un paio di remi in tutta la sua vita, e quindi per dieci minuti buoni abbiamo girato in tondo senza avanzare di un centimetro; poi, quando abbiamo capito come muoverci, eravamo talmente esaltate che non ci siamo accorte che stavamo andando a sbattere contro un'altra barchetta.

A bordo c'erano dei ragazzi spagnoli che per poco non sono caduti in acqua e hanno iniziato a insultarci con degli epiteti irripetibili, che per fortuna capivo soltanto io.

Ma ero troppo imbarazzata dalla figuraccia per prendere le difese della mamma, che nel frattempo stava per far capovolgere la nostra barca chinandosi per recuperare un remo finito in acqua.

Insomma, due tragedie evitate per un soffio.

Ma con la mia famiglia è sempre così: ogni cosa, anche la più banale, si può trasformare in un'avventura.

Quando ho raccontato questo aneddoto alla prof González, lei si è messa a ridere di gusto.

«*¡Tu familia está loca!*», mi ha detto.

Sveglia, la prof. Ha già afferrato al volo la situazione.

Poi mi ha fatto i complimenti per il mio livello di spagnolo, ha detto che lo parlo benissimo. È di sicuro merito delle serie tv e dei film spagnoli che preferisco sempre vedere in lingua originale.

I miei compagni invece avevano lo sguardo vitreo degli zombie di *The Walking Dead*, probabilmente perché hanno capito meno della metà del nostro discorso.

Spero che non pensino che sono una secchiona, o peggio ancora una lecchina che si vuole ingraziare la prof.

Di certo non lo penserà Sole, che non si è mai staccata dal suo cellulare.

Poco prima del cambio d'ora, c'è stato un momento di panico quando è entrata una bidella per leggere una circolare della preside Iena.

«Nel nostro istituto d'eccellenza», ha letto la bidella, senza più lasciare alcun dubbio sull'autrice del messaggio, «si è registrata una presenza anomala di roditori...».

«In che senso di roditori?», hanno domandato le gemelle Malpighi all'unisono. Ma come fanno a coordinare il labiale così alla perfezione?

Forse si esercitano a casa.

«Be', topi, credo», ha detto la bidella.

Alla parola "topi" si è scatenato il caos. Virginia e Ginevra sono scattate in piedi sui banchi emettendo gridolini isterici, seguite a ruota dalle altre ragazze e anche da alcuni dei ragazzi.

Solo Clarissa, nel disordine generale, non ha battuto ciglio. È rimasta seduta al suo posto, con un'espressione annoiata dipinta sul volto mentre si limava le unghie.

«*Tranquilos, tranquilos, chicos*», ha detto la González, visibilmente impallidita sotto il trucco.

«Sì, tranquilos, tranquilos, no pauras», le ha fatto eco la bidella. «Non c'è bisogno di agitarsi tanto. È già arrivata la disinfestazione e la biblioteca è stata bonificata, però se vedete un topolino in giro correte ad avvisarmi, per favore. Un altro libro rovinato e alla preside viene un colpo».

Tutti hanno tirato un respiro di sollievo, anche le gemelle, che però prima di scendere dal banco hanno sibilato: «Questa cosa è inaccettabile, lo diremo a nostro padre, altroché! Farà causa a tutta la scuola!».

Uscita la bidella, la González si è lasciata andare a uno slancio di romanticismo.

«Va bene *chicos*, a nessuno le *gustan los topos, pero el topo en* la biblioteca che mangia *los libros* è *quassi* poetico, no?».

«No, che schifo!», abbiamo risposto tutti in coro. E poi siamo scoppiati tutti a ridere.

Ed è stata la prima volta da quando avevo messo piede in quell'aula che mi sono sentita anche io parte della classe. E tutto grazie a un topo goloso di libri.

Be', la vita è davvero imprevedibile.

Dopo spagnolo, c'era storia.

Il prof è un tipo abbastanza simpatico, ma l'ora di lezione sulla Prima guerra d'indipendenza è stata noiosa quanto una partita di curling.

Contavo i minuti, che sembravano non passare più.

Quando è suonata la campanella ero ormai in uno stato catatonico, le funzioni vitali ridotte al lumicino e l'encefalogramma quasi piatto.

Mi sono riscossa a fatica, ho preso le mie cose e le ho riposte nello zaino. Ho dovuto tirare una gomitata a Sole che era persa nell'infinita chat di WhatsApp col suo boy per avvisarla che la tortura era finita, e sono finalmente uscita dalla scuola.

Libertà!

Avevo disperatamente bisogno di una boccata d'aria fresca per riattivare i neuroni, ma sul piazzale sono quasi stata asfissiata dal gas di scarico dei motorini.

Mentre tossivo così forte da riempirmi gli occhi di lacrime, mi si è avvicinata una moto nera.

Quando il ragazzo a bordo si è tolto il casco, ho riconosciuto il tipo incontrato alle macchinette.

«Ciao, vuoi un passaggio?», mi ha chiesto Mister Sorriso Smagliante.

«No, grazie», ho declinato gentilmente l'invito con la voce gracchiante per via del fumo in gola. «Preferisco fare due passi».

Ok, il tipo è molto carino, forse un po' più di carino, diciamo pure che è un figo da paura.

Ma io non sono pronta a conoscere *in quel senso* un nuovo ragazzo. Non dopo tutto quello che mi è successo. Le mie ferite bruciano ancora.

Forse non sarò pronta mai più.

Quindi ho rifiutato un comodo passaggio, che mi avrebbe evitato di prendere la metro e il tram, per non ritrovarmi in situazioni che non saprei gestire.

Tuttavia il ragazzo non ha reagito male.

«D'accordo, buona passeggiata allora. Ci vediamo domani. Ah, comunque piacere, sono Filippo». Si è tolto il guanto da motociclista per stringermi la mano.

«E io sono Maya».

Ha indugiato nella stretta un attimo in più del dovuto, poi invece di lasciarmi di colpo la mano mi ha accarezzato il palmo con le dita.

Il tutto sempre guardandomi fisso negli occhi e senza mai smettere di sorridere.

«A presto, Maya», ha detto. Si è infilato di nuovo il casco, ha ruotato l'acceleratore ed è partito a tutto gas.

E poi, proprio come all'intervallo, a qualche metro di distanza ho visto Clarissa. Aveva il viso rivolto verso di me, ma stavolta era troppo lontana perché potessi decifrare la sua espressione.

Adesso che sono finalmente a casa, e rimarrò sola fino a sera – Agnese ha il doposcuola e mamma è al lavoro – posso rilassarmi un po'.

Accendo il computer, apro Spotify e seleziono una playlist di musica reggaeton, l'ideale per quando sono ai fornelli.

Mentre improvviso un balletto davanti al frigorifero e mi preparo un bel piatto di carbonara, che oggi mi merito proprio, e chissenefrega se i carboidrati fanno ingrassare, ripenso a stamattina.

La mia testa è una girandola di immagini: le tre Disgrazie con la loro pelle fluorescente, il topo in biblioteca, le gemelle interscambiabili, la prof Whitehead e i suoi bonbon, Filippo coi suoi sorrisi irresistibili ai quali però io ho resistito benissimo, Clarissa...

Al pensiero di Clarissa mi va di traverso uno spaghetto.

Che ragazza strana. Sicura di sé fino all'arroganza quasi, ma anche misteriosa. Indecifrabile.

Finisco di mangiare, lavo i piatti e poi, dopo essermi preparata il caffè ed essermi concessa un paio di cioccolatini, mi preparo per fare i compiti.

Sono abbastanza in pari con tutte le materie, tranne che con matematica.

Ma io in matematica sono una causa persa, e dopo un'ora passata a spaccarmi il cervello con le disequazioni razionali – che per me sono assolutamente irrazionali, nel senso che non ne riesco proprio a venire a capo –, ho quasi le allucinazioni.

Devo fare una pausa. E magari raccontare a qualcuno questa mia prima giornata di scuola.

Prendo il telefono e chiamo Chiara.

Chiara è la mia migliore amica, siamo cresciute insieme. Abbiamo fatto nido, asilo, scuole elementari e medie insieme. Inseparabili.

E complementari: lei espansiva, solare, che attacca bottone con chiunque e a una festa conosce tutti dopo mezz'ora; io più chiusa e introversa.

Diverse come il giorno e la notte. Ma, esattamente come il giorno e la notte, necessarie l'una all'altra.

Abbiamo condiviso la felicità del primo bacio e la tragedia del primo brufolo.

La prima sbronza insieme – a una sagra di paese in terza media, con due lattine di birra a testa – e il mal di testa del giorno seguente.

Finite le medie, però, io mi sono iscritta al liceo linguistico, mentre lei ha scelto un istituto professionale.

E a gennaio, quando ha compiuto diciotto anni, ha mollato la scuola per andare a lavorare nel bar dei suoi.

Anche se ci siamo un po' allontanate, è ancora la persona che mi conosce meglio al mondo.

Mi risponde dopo un po' di squilli.

«Maya! Come stai? Che bello sentirti!».

Ma c'è come una nota incrinata nella sua voce. Non mi pare la Chiara di sempre.

«Chiara! Ti rompo, stai lavorando? Avevo tanta voglia di parlare con te!».

E attacco subito a raccontarle della mia giornata.

Lei mi ascolta nonostante debba dare retta anche ai clienti e fare un caffè dietro l'altro.

«Dài, sono contenta, alla fine non mi sembra che sia andata poi così male, no?», commenta quando ho finito il mio resoconto. «E poi almeno sei lontana da questo posto, qui è sempre tutto uguale, una noia... e in più hai conosciuto quel figo con la moto! Che invidia!».

«Sì, però mi manchi, Chiara! Se avessi te come compagna di banco, invece di quella Sole che non si stacca mai dal suo cellulare, sarebbe tutto molto più bello!».

«Mi manchi anche tu, Maya. E, senti, già che mi hai telefonato... c'è una cosa che devo dirti».

«Cosa mi devi dire?».

«Aspetta un secondo che faccio quest'ultimo cappuccino di soia macchiato freddo in tazza calda – grande – e col cacao sopra. I clienti sono davvero incontentabili! Ti richiamo tra un attimo».

Aspetto la sua telefonata girellando nervosa per il salotto.

Odio la frase «c'è una cosa che devo dirti». Di solito sono sempre notizie spiacevoli.

E adesso capisco perché Chiara mi è subito sembrata strana.
Appena richiama rispondo col cuore in gola.
«Allora, Maya, ecco, non posso non dirtelo...».
«Non puoi non dirmi COSA, Chiara?».
«Ecco, inutile girarci intorno. È una settimana che... ehm, l'Innominabile viene al bar con la scusa di fare colazione e mi fa domande su di te. Stamattina è passato prima di andare a scuola, mi ha chiesto se io e te ci sentiamo e poi mi ha anche chiesto il tuo nuovo numero...».
«E tu che hai fatto?».
Il cuore mi batte sempre più forte, lo sento in gola, quasi mi deforma la voce.
«Tranquilla, Maya, non gliel'ho dato. Il bar era pieno di clienti e sono riuscita a ignorarlo dopo avergli servito il caffè. E anche se dovesse tornare alla carica, saprò come gestirlo».
La ringrazio e ci salutiamo, ma anche dopo aver chiuso la telefonata non mi sento per nulla tranquilla.
Il passato mi si rovescia addosso di colpo, come una pioggia torrenziale e imprevista in quella che sembrava una bella giornata di sole.
C'è solo una cosa che posso fare.
Vado in camera mia portandomi dietro il computer, seleziono "archivio" e trovo una vecchia cartella di file audio.
Sono mesi che non ascolto queste canzoni, sono legate a un periodo in cui ero confusa, disorientata e tanto fragile. Non riuscivo a staccarmi da qualcuno che, nonostante dicesse di amarmi, continuava a farmi soffrire. Volevo volare via ma non avevo la forza di spiccare il volo, mi sentivo in trappola...
Solo la musica aveva il potere di farmi stare bene e di farmi sentire libera nonostante tutto, e in particolare la canzone che seleziono adesso, *Hallelujah* di Jeff Buckley.
La metto a tutto volume, chiudo gli occhi, e canto.
All'inizio il suono che esce dalla mia bocca è sporco e incerto, pieno di paura.
Esattamente come me. È la voce delle mie ferite, dei miei lividi, della mia sofferenza.
Ma poi, come sempre, accade. È davvero una magia.
E tutte le parole che ho attorcigliate dentro, in un groviglio

inestricabile e rauco di rabbia, confusione, rimpianto, delusione, si dipanano per uscire dalle mie labbra.

E canto, e la mia voce sale e poi si abbassa, e va a riempire tutti i miei vuoti e a lenire le mie ferite.

Con la musica trasformo i miei casini in bellezza. L'inferno si trasforma in paradiso.

Quando anche le ultime note della canzone si sono spente, una sensazione di benessere si impadronisce di me.

I brutti pensieri se ne sono andati, almeno per adesso.

Il mio cuore trova finalmente un momento di pace.

Ora devo sforzarmi di pensare al mio presente, e anche al mio futuro. Voglio che siano entrambi bellissimi. Non devo dare al passato il potere di farmi ancora del male.

Una vibrazione del cellulare cattura la mia attenzione.

C'è un messaggio di mamma.

Ciao figlia! Mi sono dimenticata di fare la spesa, quindi stasera per cena ordiniamo una mega pizza ai quattro formaggi. La dieta la inizio settimana prossima!

Sorrido. Almeno nell'immediato, il mio futuro prevede un'abbuffata di pizza.

E non potrei desiderare di meglio.

5

Sono passate tre settimane dal mio primo giorno di scuola.

La novità è già diventata routine, o quasi.

La cosa bella è che sto davvero molto simpatica alla prof di spagnolo, la González, che alla prima interrogazione mi ha dato addirittura otto e mezzo, mentre quella meno bella è che la prof di scienze, Elvira Castagna, mi ha preso di mira e a ogni lezione mi tartassa con le ossidoriduzioni e la tavola periodica, di cui ricordo bene solo i primi dieci elementi.

Ho anche provato a comporci una canzone per imprimerli meglio nella mia testa, ma non c'è stato verso.

Proprio in senso letterale: come si fa a scrivere un verso sul carbonio, il litio e il potassio? "Carbonio" faceva rima solo con "demonio", "potassio" con "Alassio" e "litio"... non ho trovato nessuna parola.

La chimica distrugge ogni mio tentativo di poesia.

Chi sostiene che l'amore è una questione di chimica è un pazzo. A me la chimica non piace proprio.

Settimana scorsa, mentre vagavo con lo sguardo fuori dalla finestra persa nei miei pensieri, la prof ha interrotto la sua spiegazione sulle biomolecole per chiedermi cosa fossi in grado di dirle sui carboidrati.

«Ehm, ecco, io penso che...».

«Ah bene, Ferreri, tu *pensi*. Il che significa che possiedi un cervello. Addirittura. Questa notizia mi conforta molto. Ma possedere un cervello non significa necessariamente saperlo usare. E quindi, sentiamo, che cosa pensi dei carboidrati?».

Al che io ho risposto di getto: «Be', ehm, i carboidrati... ecco, non saprei darne proprio una definizione precisa, ma io penso che siano molto buoni, soprattutto quando gli atomi si aggregano nella forma degli spaghetti!».

«Ferreri, risparmia il tuo senso dell'umorismo per quando parteciperai a un programma comico», mi ha gelata la prof. «La chimica è una cosa seria, ed è materia d'esame alla maturità. Mi auguro che un bel "meno" sul registro ti faccia passare la voglia di ridere».

Il mio cuore è finito nelle scarpe.

«Ah, e per la prossima volta preparami una tesina di tre pagine sui derivati funzionali degli idrocarburi, sennò questo "meno" si trasformerà in un bel due».

Non posso fare altro che annuire mestamente e rispondere: «Sì, prof».

«E vedi di non copiarla da internet, che me ne accorgo subito. Li conosco tutti i trucchetti di voi studenti per evitare di compiere il vostro dovere, ovvero studiare... fosse per me nessuno di voi dovrebbe essere ammesso alla maturità, e sappiate che per tutto l'anno vi darò del filo da torcere!».

Poi scoppia in una risata satanica mentre tutti noi la guardiamo atterriti.

Ok, è chiaramente una sadica e ci detesta.

D'altronde anche lei non è molto amata qui al liceo, e infatti è stata soprannominata "Castagna-la-Lagna". Questa sì che è una rima veramente azzeccata.

Con i miei compagni di classe le cose non vanno poi così male. Ma nemmeno tanto bene.

Mi sento molto diversa da loro, che provengono tutti da famiglie ricchissime. Le gemelle Malpighi, per esempio, sono figlie di un avvocato famosissimo, che fa anche ospitate in tv nei programmi d'inchiesta; Marco, che in matematica è un piccolo genio, è figlio di due professori universitari in odore di Nobel – il che non fa altro che confermare la mia convinzione che capire le equazioni è tutta una questione di genetica; Sole è figlia di un'imprenditrice che possiede metà delle case di lusso di Milano e varie ville nelle località più chic d'Italia.

Quindi, quando parlano dei loro sabati sera nei privé delle discoteche vip o del cellulare ultimo modello che i loro genitori gli hanno appena regalato, io non so che cosa dire. Il mio telefonino ha due anni, funziona ancora alla grande e non ho nessuna intenzione di cambiarlo.

E i miei sabati sera a Milano finora li ho passati a casa, a mangiare pop-corn sul divano guardando serie tv oppure sul mio letto, ad ascoltare musica.

Non mi sento particolarmente sola, so bastare a me stessa, però ho nostalgia di Chiara e delle nostre serate insieme, a chiacchierare di tutto e di niente.

Mentre per i miei compagni sono praticamente invisibile, non lo sono affatto per le Disgrazie, le dark del liceo, che si sono trasformate nelle mie stalker.

A ogni intervallo me le trovo sempre intorno: un giorno tentano di convincermi a iscrivermi al gruppo di teatro, un altro a diventare redattrice del giornalino d'istituto, un altro ancora a organizzare un sit-in per la parità di genere... insomma, apprezzo il loro sforzo, ma per adesso preferisco concentrarmi solo sullo studio.

E non è una scusa: quest'anno c'è la maturità, al solo pensiero mi tremano le gambe. La Castagna mi odia, e per raggiungere la sufficienza in matematica avrei bisogno di un miracolo.

Insomma, devo darmi da fare.

L'altra persona che a scuola si è accorta della mia esistenza è Filippo. Quando lo incrocio nei corridoi mi sorride sempre, e ogni volta è circondato da uno stuolo di ragazze adoranti.

Non mi ha più offerto un passaggio in moto, ma quella stessa sera mi ha chiesto l'amicizia su Facebook e ha iniziato a seguirmi su Instagram. Deve aver domandato a qualcuno il mio cognome.

Ho accettato la sua richiesta di amicizia e sono andata a sbirciare il suo profilo: tra i post più recenti, ho trovato alcune foto della sua vacanza in Grecia.

Si è taggato a Mykonos e in altre isolette greche: ci sono immagini di lui a mollo nel mare azzurrissimo, o adagiato su un lussuosissimo yacht mentre prende il sole.

Non è quasi mai da solo, accanto a lui c'è sempre una ragazza diversa. Hanno tutte un fisico da urlo – si direbbe che non mangino un piatto di pasta dal 2013 – e sono bellissime.

D'altronde anche lui è bellissimo. Anzi, come dice Chiara, un super bono.

Ovviamente appena le ho raccontato della sua richiesta di amicizia l'ha subito cercato sui social. E quando ha visto le sue foto mi ha urlato nell'orecchio così forte che per poco non mi ha lesionato il timpano.

«Maya, oddio oddio, ma è super bonooo!!! Io per uno così farei follie! E se ti ha chiesto l'amicizia vuol dire che gli piaci, anzi è sicurissimo che gli piaci, Maya come ti invidio, mandagli subito un poke ti prego!».

«Chiara, ma che dici? Un poke? Mica siamo alle medie!».

«Ma almeno un emoji!».

«Non ci penso proprio».

«Maya, se non gli dai almeno un segnale di interesse, tipo likare una sua foto, non ti chiederà mai di uscire».

«Ma non mi importa. E anche se me lo dovesse chiedere, gli direi di no. Lo sai che... non sono ancora pronta». La mia voce ha avuto un attimo di incertezza.

«D'accordo, Maya. Certo che lo so, e ti capisco. Ma non puoi vivere restando perennemente chiusa nel tuo guscio, devi aprirti al mondo».

«Ma io non sono chiusa! Pensa che tutti i giorni ricevo decine di inviti dalle Disgrazie. Se li accettassi potrei avere una vita mondana travolgente. Oggi per esempio mi hanno proposto un weekend nel bosco per fare meditazione e venerare la luna nuova...».

«Wow, che figata, e si incontrano anche i licantropi? Lo sai che ho una passione per i lupi mannari...», ha scherzato Chiara, e la nostra conversazione è finita con una risata incontenibile.

Ho scoperto una cosa su Filippo, me l'ha detta Sole quasi per caso.

Un giorno che il suo cellulare non aveva campo stava per avere un attacco di panico, era disperata. Talmente disperata da rivolgermi addirittura la parola.

«Oddio, e adesso come faccio? Secondo te devo cambiare operatore? Tu quale hai? Quanto ci vuole? Ma tutte a me devono succedere! E se Adam mi molla perché non riesco a whatsappare?».

Mossa a compassione, le ho prestato il mio telefono.

Appena l'ha visto ha fatto una smorfia strana e ha detto:

«Mia nonna ne ha uno uguale». Ma dato che non c'erano altre soluzioni si è dovuta accontentare.

Per sdebitarsi – dopotutto ho salvato la sua storia d'amore – ha voluto offrirmi la colazione il giorno dopo. Ci siamo date appuntamento per le 7.45 del giorno successivo al bar vicino alla scuola.

Mentre divoravamo i cornetti al cioccolato inzuppati nel cappuccino, mi ha raccontato della sua storia con Adam, il suo boy incontrato a Londra.

Poi mi ha fatto vedere il suo Instagram: Adam è un ragazzone tipicamente inglese, con la pelle color del latte, lentiggini ovunque e capelli rossi proprio come lei, tanto che potrebbero essere cugini alla lontana. Non è esattamente un tipo tenebroso e affascinante, è un po' nerd con tanto di occhialetti rotondi – pare più il bravo ragazzo della porta accanto –, ma Sole lo vede con gli occhi dell'amore, per lei Adam è bellissimo.

«Oh, Maya, mi sa che stavolta sono innamorata cotta», diceva con gli occhi a forma di cuore. «Cotta, cottissima, proprio come una pera cotta, o un uovo sodo...».

«Che c'entra l'uovo sodo?».

«Si deve cuocere, no? Però le storie a distanza sono uno sbattimento. Ora per vederci dobbiamo aspettare le vacanze di Natale, è tantissimo. E a volte chattando non ci capiamo perché non è che parlo così bene l'inglese, sai. Però la lontananza ricresce il desiderio, no?».

«Accresce».

«Che hai detto?», ha fatto una faccia sconcertata.

«La lontananza *accresce* il desiderio, non *ricresce*».

«Ah... be', ahahah. Accresce, ricresce, che differenza c'è? Oh, Maya, non è che sei una secchiona?».

«No, uso solo i verbi correttamente».

«Mmmh, tu sei un po' strana eh, te lo devo dire. Però mi stai simpatica, anche se usi un cellulare da ospizio. Facciamo così: se tu mi dai una piccola mano in inglese, visto che ogni Natale i miei mi regalano un cellulare ultimo modello potrei darti questo... così tu potrai iniziare a fare delle foto decenti mentre io imparerò a scrivere cose bellissime a Adam senza più sbagliare».

«Be', Sole, non so cosa dire, grazie!», ho detto, felice della proposta.

«E di che? Comunque, basta parlare di me e Adam. Tu stai con qualcuno?».

Ho sentito un calore pazzesco salirmi alle guance e ho affondato lo sguardo nel cappuccino.

Per fortuna, un gruppo di ragazzi è entrato rumorosamente nel bar e ha attirato l'attenzione di Sole. Tra di loro c'era Filippo.

«Uuuuh, guarda, quello si chiama Filippo Nardetti, è il più figo del liceo», ha sussurrato Sole dandomi di gomito con aria da cospiratrice. Ho preferito non dirle che lo conoscevo già. «Lo sai che suo padre giocava a calcio in serie A? Ora è un procuratore famosissimo».

«No, non seguo molto il calcio...».

«Ora Filippo è single e lo si vede spesso con qualche tipa dell'università, ma lo sapevi che era fidanzato con Clarissa? Cioè, a vederli insieme erano proprio fotomodellici! Belli da paura! Però si sono lasciati, e poi ripresi, e poi ancora lasciati... insomma, peggio di una soap opera!».

Ecco perché Clarissa mi aveva guardato in quel modo il primo giorno!

Ma non faccio in tempo a indagare che Sole mi blocca.

«Oh, Maya, devo fare una videochiamata con Adam, mi sa che salto l'ora del Rompi».

«Il Rompi?», stavolta sono io a fare la faccia confusa.

«Sì, il prof Rombi uguale prof Rompi», mi spiega divertita mentre il suo telefonino inizia a vibrare.

«Oddio oddio, Adam mi sta chiamando! My love! Ci si becca dopo!».

«Ok, poi ti passo gli appunti della lezione», le ho detto prima di vederla sparire tra la folla.

Poco dopo anch'io sono uscita in fretta dal bar e sulla porta mi sono scontrata proprio con Filippo.

«Ehi, ma allora io e te siamo destinati a scontrarci», ha scherzato lui guardandomi fisso. Un po' troppo fisso.

Oddio, forse gli piaccio, ho pensato.

Poi lui ha alzato la mano destra e mi ha indicato il viso.

«Ti sta molto bene questo sbaffo di cappuccino sopra il labbro. E anche questa macchiolina sul naso».

Che figuraccia. Ho bofonchiato qualcosa di insensato e sono scappata in classe.

6

Anche oggi arrivo in aula trafelata come mio solito. Mamma ha smesso di accompagnarmi a scuola in macchina dopo la prima settimana – ormai sono adulta e quasi maggiorenne, mi sono impuntata – ma prendere i mezzi è un'odissea.

Le metro sono sempre piene e a volte devo aspettare il treno successivo per poter salire, e i tram sono perennemente in ritardo.

Di conseguenza, anche io sono perennemente in ritardo, e la mia vita è diventata una corsa contro il tempo.

Ieri ho rischiato grosso: la campanella era già suonata da tre minuti e mentre stavo facendo gli scalini a due a due, dall'alto della tromba delle scale è tuonata la voce della preside Iena.

«Ehi, ehi tu! Sono le 8.08, la campanella è suonata da tre minuti – dico, tre minuti! –, vieni subito qui che ti do una nota di demerito sul registro!».

Per fortuna avevo il cappuccio della felpa in testa e la preside non mi ha riconosciuta. Naturalmente non mi sono fermata e mi sono precipitata in classe, dove Miss Capobianco mi ha accolta con un sorriso e la sua gentilezza burrosa.

«Fevvevi, ti vedo un po' in affanno. Hai fatto la tua *bveakfast*? Non sia mai che tu svenga pev un calo di zucchevi. Pvendi un mavsh-mallow, *davling*. Anzi, pvendine due. E ova vagazzi, *veady fov youv lesson*?».

Io questa donna la adoro, anche se con tutti i suoi bonbon mi farà venire una carie.

Stamattina, invece, alla prima ora abbiamo mate con il prof Bernardi, ovvero il giovane vecchio. Al pensiero delle equazioni fratte – la parola "fratta" mi ricorda "frattaglia", e mi sale immediatamente la nausea – vorrei teletrasportarmi su un'isola deserta.

Io, l'oceano e la mia chitarra.

Ma le prossime vacanze sono un miraggio lontanissimo.

Appena arrivo in classe – puntuale, miracolo! – c'è una strana energia, sono tutti elettrici, e immagino non sia certo per via della tremenda lezione che ci aspetta.

Mi siedo al mio banco e tendo l'orecchio.

Sento frasi sparse: «Sarà una festa bellissima»; «Il party del secolo»; «Che top!»; «Non ho niente da mettermi, cavolo»; «Oh, zio, io a 'sto giro mi metto lo smoking!»; «Ci saranno proprio tutti!»; «Devo iniziare a prenotare il parrucchiere» e cose del genere.

Qualcuno deve avere organizzato una festa.

Alla quale io non sono stata invitata.

Mi chino verso Sole, che come sempre sta chattando con Adam, e le chiedo cosa stia succedendo.

«Clarissa ha organizzato una festa per i suoi diciotto anni», mi dice senza levare gli occhi dallo schermo, «l'ho appena detto ad Adam e forse riesce a prendere un aereo e a venire con me. Sarebbe una bomba! Cioè, mica posso presentarmi da sola come una sfigata. Tu con chi vieni, col tuo ragazzo?».

Non rispondo. Non vengo proprio con nessuno, visto che non sono stata invitata.

Decido di ignorare il nodo che mi viene allo stomaco.

Per le tre ore successive non faccio altro che ripetermi che non ho nessuna voglia di andare a una stupida festa.

Ma non riesco a concentrarmi come vorrei sulle lezioni.

In realtà vorrei essere stata invitata anche io. Magari per poi dire di no, ma almeno sarei stata presa in considerazione. Sarei stata *vista*.

Dentro di me si agitano emozioni contraddittorie: da un lato la voglia di essere uguale agli altri, di integrarmi nel gruppo, e dall'altro l'esigenza di rimanere me stessa, la Maya semplice ma complicata, che piuttosto di scendere a compromessi preferisce stare da sola, la Maya testarda ma insicura, con la voglia di volare ma con la paura di non avere ali abbastanza forti...

In tutto questo auguro a Clarissa che la sua festa sia un flop e che non si presenti nessuno. Che qualcuno inciampi sulla torta. Che il dj metta solo dischi di liscio e di polka. Che il buffet venga assalito dalle termiti.

Così impara a non avermi invitata. Quella snobbettina con la puzza sotto il naso.

Quando suona la campanella dell'intervallo ho ancora la testa china sul mio quaderno a prendere appunti.

Rialzo la testa e davanti a me c'è Clarissa.

Il mio sguardo viene catturato dai suoi occhi cerulei. Sono davvero magnetici.

«Maya».

«Ciao Clarissa», la saluto, un po' perplessa. Cosa vuole da me?

«Non ho il tuo numero di telefono e non ho potuto inserirti nella chat di gruppo. Quindi ti invito di persona. Settimana prossima faccio diciotto anni e sabato sera ho organizzato una mega festa in una villa poco fuori Milano. Sarà tutta per noi. Ah, non è richiesto un dress code particolare, tanto so che tu hai stile da vendere e non mi deluderai».

Mi vergogno subito di avere fatto dei pensieri tanto brutti su di lei.

«Clarissa, non so cosa dire...».

«Non devi dire niente. Devi solo venire. E niente regalo, per favore, quest'usanza è così... *cheap*». Arriccia il suo naso perfetto in una smorfia di sommo disgusto.

«D'accordo, niente regalo», la assecondo. «E... grazie dell'invito, Clarissa», aggiungo.

«Mi raccomando, porta il tuo boy. Io e le altre siamo così ansiose di conoscerlo... d'altronde una bella ragazza come te non può che avere un fidanzato fighissimo!».

«Ehm, Clarissa, io...».

Ma non faccio in tempo a dirle che non ho un fidanzato – e nemmeno lo voglio – che subito Clarissa viene presa per mano da Ginevra e Virginia, e trascinata ridendo fuori dalla classe.

«Ok, preparati che andiamo a fare shopping», dice Sole.

«Cosa?», dico io confusa.

«Maya, io quando messaggio con Adam sembro distratta, ma in realtà sono attentissima. Siamo state invitate alla festa di Clarissa, no? E quindi ora dobbiamo solo trovare l'outfit giusto! Devo comprare un vestito che faccia impazzire Adam... mi dai una mano a sceglierlo? Conosco un negozietto davvero top... ti va se ci andiamo oggi pomeriggio?».

«Ma... veramente oggi dovrei studiare...».

«Maya, dài, ti prego, la maturità è a giugno, se ti ammazzi

di studio già adesso poi agli esami ci arrivi morta!». Sole mi guarda sbattendo le ciglia con aria implorante.

«E va bene», le concedo. «Però per le sei vorrei essere a casa».

Lei sorride felice. «Grazie, Maya! Tu mi fai da personal shopper e io ti offro il pranzo, che dici?».

Sigliamo l'accordo con una scherzosa stretta di mano. Non ho mai fatto la personal shopper, ma la moda mi piace e sono sicura che troveremo qualcosa di adatto per il party di Clarissa.

Quando la campanella suona, io e Sole ci incamminiamo fuori dal liceo fianco a fianco, prendiamo un tram stracolmo di studenti e in pochi minuti siamo in una zona piena di negozi.

Sole propone di mettere qualcosa sotto i denti prima di buttarci nello shopping.

Ci sediamo nel dehors di un bar che pare delizioso.

«Mmmh, non so cosa prendere, oggi non ho molto appetito», dice Sole. «Ma tu scegli quello che vuoi!».

Apro il menu, e mi viene l'acquolina in bocca a vedere le foto dei panini e dei primi piatti.

«Maya, come ti ho promesso il pranzo lo offro io!».

Non mi va di farle spendere troppo, quindi ordino la cosa più economica: un toast con prosciutto e formaggio, e un'acqua frizzante.

Quando lo finisco – in un nanosecondo – ho ancora una fame da lupi, e spero che il mio stomaco non si metta a brontolare facendomi fare una figuraccia.

Sole invece ordina un'insalatina: «Per stare leggera», dice, ma poi ci fa aggiungere uova, mais, tonno, crostini di pane, mozzarella di bufala, carciofini sott'olio.

«Ho ancora un po' fame», dice quando nella sua insalatiera non è rimasto nemmeno più un chicco di mais. Poi ordina una fettona di crostata che vuole a tutti i costi dividere con me.

«Dài, Maya, facciamo a metà sennò non entro più in nessun vestito», dice, e io non mi faccio pregare.

Finito il pranzo ci buttiamo nello shopping. Entriamo in tutti i negozi, ci proviamo milioni di outfit diversi e ci scattiamo una foto per ogni look, tanto da esaurire la memoria del telefono.

Le ore passano in un lampo, e ancora non abbiamo comprato nulla, tranne gli accessori: io ho trovato una collana stupenda in un negozietto di bigiotteria, mentre Sole ha comprato degli occhiali scuri.

«Ma Sole, la festa è di sera, che te ne fai di quegli occhiali?», le chiedo.

«Maya, ma mi stanno troppo bene! Mi danno un'aria affascinante ed enigmatica, non trovi?».

«Ok Sole, ma se poi non ci vedi e vai a sbattere da qualche parte ricordati che io ti avevo avvertita», scoppio a ridere.

Continuiamo a gironzolare di negozio in negozio, e alla fine ci ritroviamo in via Monte Napoleone. Qui ci sono solo boutique costosissime, e non potrei permettermi nemmeno un paio di shorts... però guardare non costa nulla, e infatti rimango incantata a fissare la vetrina di un famoso negozio griffato.

A un certo punto attraverso il vetro mi pare di vedere tre figure familiari.

«Ehi, ma quelle non sono le Grazie?», dice Sole.

Sono loro. Clarissa indossa un bellissimo abito a sirena color corallo con un corpetto con applicazioni in pizzo e la schiena scoperta. Le gemelle, invece, indossano entrambe un abito in seta color carta da zucchero e si pavoneggiano davanti allo specchio mettendo in mostra i loro fisici perfetti.

«Cavoli, ora capisco perché le hanno chiamate "le Grazie"... sono bellissime, elegantissime e hanno un fascino così naturale da sembrare creature di un altro pianeta», dice Sole con un sospiro.

«Maya, ci ho ripensato. Di vestiti belli ne ho tanti, indosserò uno di quelli, inutile spendere soldi per comprarmi un vestito nuovo... tanto non sarò mai bella come loro!», aggiunge Sole con una nota di tristezza nella voce.

In effetti la capisco, le Grazie sono in grado di far crollare l'autostima a chiunque. Ma non dobbiamo demoralizzarci: loro avranno anche il fisico da top model, ma noi abbiamo tante altre qualità che ci rendono altrettanto speciali.

«Io invece potrei mettere uno dei vestiti vintage di mia mamma, così di sicuro non rischio di incontrare una ragazza vestita come me», sdrammatizzo.

«Oddio che incubo, una volta mi è successo e sono subito

tornata a casa a cambiarmi. Magari stavolta mi porto dietro un cambio, anzi per sicurezza facciamo due», ribatte Sole divertita.

Finalmente la vedo sorridere.

I miei occhi vengono nuovamente attirati da Clarissa, la fisso ipnotizzata mentre ride e scherza con le gemelle, fino a quando, come se avesse avvertito la mia presenza, si gira e incrocia il mio sguardo.

E mentre anche le gemelle si accorgono di me e Sole e alzano la mano per salutarci, Clarissa non stacca gli occhi dai miei.

Le sue labbra si aprono in un sorriso gelido, e nel suo sguardo c'è un lampo di sfida.

Quando finalmente torno a casa, è già tardissimo e mi metto subito a fare i compiti.

Ma non riesco a dimenticare lo strano sguardo di Clarissa.

7

«Sole, ti prego concentriamoci, sennò quella sadica della Castagna mi mette davvero due e non riuscirò più a recuperarlo».

La sto praticamente implorando, ma Sole è troppo distratta dal suo cellulare. Ovviamente, sta chattando con Adam.

«Sì, sì, Maya, ancora un minuto, ti prego...». E poi scoppia a ridere e volta lo schermo verso di me. «Guarda, non è super tenero? Oddio quanto lo amoooo!!!».

Adam le ha appena mandato una GIF animata di un gattino che chiude gli occhi dal sonno e poi crolla addormentato. Sotto ha commentato: «*This is you, my dear*», mettendoci un cuore.

Sole ci riflette un attimo e poi mi dice: «Ma perché mi ha scritto *dear*? Mica siamo vicini di casa, anzi, magari lo fossimo! E invece abitiamo così lontani...».

«In che senso?», chiedo perplessa.

«Mi ha scritto *dear*, vicina, quindi vicina di casa, no?».

Il cervello della mia compagna di banco segue pensieri tortuosi e buffissimi.

«No, Sole, mi sa che ti sei confusa con *near*, che significa "vicino", nel senso di vicinanza fisica, non vicino di casa. *Dear* vuol dire "cara"».

«Cara nel senso di costosa? Ma se non ho mai preteso nemmeno un regalo! Ora mi sente!».

«Ma no, Sole, no! Ti ha scritto una cosa carina, credimi. E ora, per favore, possiamo concentrarci sulla mia ricerca?».

Sole oggi mi ha invitata da lei dopo la scuola per aiutarmi con la ricerca sugli idrocarburi, ma me ne sono già pentita. Ho scritto soltanto tre righe perché la sua attenzione è pari a quella di un pesce rosso, si distrae in continuazione. Di questo passo finirò nel 2025.

«Sì, sì, dammi solo un altro secondo...».

«No, è già tardissimo», dico decisa, e poi con una mossa azzardata le prendo il cellulare e lo spengo.

«Uffa, Maya, sei proprio una dittatrice!», sbuffa.

«Dài, Sole, ne va della mia media, la Castagna mi odia, pensa che me la sogno anche di notte che non mi ammette alla maturità...», dico preoccupata.

«Oddio, la maturità, non me ne parlare! Tutti i prof ci stanno mettendo un'ansia micidiale, e mancano ancora mesi. Non arriveremo vive alla fine di quest'anno scolastico, me lo sento».

«Su, non esageriamo... se ci prepariamo ce la possiamo fare», dico speranzosa.

«Io sono già disperata! Ma per fortuna nella vita non esiste solo la scuola... c'è anche l'amore, c'è il mio Adam, lo amo così tanto!», dice trasognata.

«Ok, ora che per l'ennesima volta mi hai detto quanto lo ami, possiamo riprendere la ricerca, per favore?».

«E va bene... ma non senti anche tu un languorino? Faccio un salto giù a dire a Tina di prepararci la merenda!».

Io alzo gli occhi al cielo, esasperata, ma Sole è già scomparsa dalla stanza e sta correndo giù per le scale.

Ormai sono rassegnata, la ricerca la finirò più tardi a casa da sola, e dovrò fare le ore piccole.

Ma di certo domani i miei occhi cerchiati dal sonno non muoveranno minimamente a compassione la Castagna.

Mentre aspetto che Sole torni, mi guardo intorno: casa sua è bellissima, un attico in pieno centro a Milano con un terrazzo incredibile da cui si vedono le guglie del Duomo. E questa camera è grande tre volte la mia.

Sole mi ha spiegato che la gestione della casa è affidata a Tina, l'energica governante sui sessant'anni che l'ha praticamente cresciuta, visto che i suoi genitori non c'erano mai, entrambi impegnatissimi con le loro carriere.

E in effetti nell'enorme salotto ho visto pochissime foto di Sole con i suoi genitori, c'erano invece tantissime immagini di suo padre e sua madre insieme a personaggi del mondo dello spettacolo e della politica. Tutti con sorrisi da copertina, ma nei loro occhi ho visto il vuoto.

Quella galleria di immagini mi ha fatto pensare alle foto

della mia infanzia, quando i miei genitori stavano ancora insieme. In tutti gli scatti abbiamo gli occhi che ridono, siamo una vera famiglia. Poi tutto è andato a rotoli...

Sole torna in camera con in mano una birra e una confezione di acetone.

«Tina ci sta preparando dei club sandwich, anche lei sostiene che con la pancia piena si studia meglio!», dice sorridendomi.

«D'accordo, d'accordo», faccio io diplomatica, già con l'acquolina in bocca, «ma che cos'hai in mano?».

«Maya, anche se ogni tanto sembro distratta, in realtà sono sempre sul pezzo. Devi fare una ricerca sui derivati funzionali degli idrocarburi, no? Ho appena visto su Google che sono robe che hanno a che fare in qualche modo con gli alcoli e i chetoni, o acetoni».

«Ok, e quindi?», faccio io, sempre più confusa.

«Ma Maya, come fai a non capire? Ci arriverebbe anche un bambino!», dice bonaria. «Ecco, ti ho portato la birra come esemplare di alcolo, o come accidenti si dice, e l'acetone come esempio di chetone, così possiamo studiarli da vicino! E pure cambiare colore dello smalto, se vogliamo! Tipo, ormai il mio smalto rosso è tutto scheggiato, che ne dici di questo verde acqua?». Corre in bagno e torna porgendomi una boccetta di smalto. «Dopo ce lo mettiamo? Così vedo se sta bene col vestito per il party di Clarissa... Ci sarà tutto il liceo, non possiamo mica sfigurare!».

La guardo con gli occhi spalancati indecisa se ridere o piangere.

Per fortuna la porta si spalanca e appare Tina con un piattone gigante su cui troneggiano due club sandwich immersi in un letto di patatine fritte dorate.

Io e Sole facciamo i complimenti a Tina e ci buttiamo su questi meravigliosi carboidrati, per il mio stomaco e la mia testa decisamente più digeribili dei malefici idrocarburi.

Sul piattone sono rimaste soltanto due foglioline di lattuga, io e Sole abbiamo spazzolato tutto. E non è proprio vero che con la pancia piena si studia meglio, perché dopo questa abbuffata vorrei solo farmi una pennichella.

Mentre i miei occhi si fanno pesanti, sempre più pesanti, e vedo Sole sempre più sfocata, il mio cellulare squilla.

Allungo pigramente la mano sul bracciolo del divano per prendere il telefono e vedere chi è.

Papà.

Di colpo torno sveglia e lucida.

«Pronto, ciao papà», dico con l'emozione nel petto. Sono giorni che mi scrive solo messaggi e non mi chiama.

«Ciao Maya! Scusa se ti ho chiamata solo ora, ma ho avuto parecchio da fare...».

«Non ti preoccupare, sono contenta di sentirti», dico.

«Purtroppo anche adesso ho poco tempo. Come va a scuola, stai prendendo bei voti?».

Non *Come stai, Maya?* Non *Sei felice, Maya?* Non *Mi manchi, Maya.*

Solo *Come va a scuola?*

Ricaccio giù il groppo che mi sento in gola e rispondo: «Sì, bene grazie, sto studiando sodo».

«Bene. So che non mi deluderai. A Ingegneria o a Economia il voto di maturità non conta, ma sarà per sempre nel tuo curriculum, quindi da te mi aspetto un buon risultato».

«Sì, papà, non ti deluderò, stai tranquillo...».

«Ora devo andare, devo accompagnare Charlie alla partita di rugby. Dovresti vederlo, sta diventando bravissimo, mi riempie di orgoglio. A presto, Maya, e mi raccomando studia!».

«A presto, papà», faccio con voce flebile, ma lui ha già riattaccato.

La tristezza mi invade. I miei occhi si fissano su un punto imprecisato del morbido tappeto di pelo, mentre nella mia testa scorre il film della storia della mia famiglia: i ricordi bellissimi delle gite domenicali punteggiate da mille risate si alternano a quelli dolorosi, papà che fa le valigie, mamma che piange sotto la doccia per non farsi sentire, Agnese che chiede «Ma papà quando torna?».

La voce di Sole mi scuote: «Ehi, Maya, tutto bene?».

«Sì, sì», taglio corto, ancora persa nei miei pensieri.

«Non stavo dormendo, riposavo soltanto gli occhi e inavvertitamente ho ascoltato la telefonata. Era tuo padre, vero?».

«Sì, era lui», dico con voce un po' tremante.

«Se ne vuoi parlare io sono qui. Mi sa che posso capirti, pure io ho un rapporto terribile con i miei, quelle poche volte che ci vediamo litighiamo in continuazione!».

«Sto bene, grazie», chiudo il discorso. Non voglio mostrarmi fragile, soprattutto davanti a una ragazza che conosco appena.

«D'accordo», fa Sole poco convinta, guardandomi un po' preoccupata. «Allora riprendiamo la ricerca, dài».

Ci rimettiamo alla scrivania, ma stavolta quella deconcentrata sono io. Ho la mente altrove, e Sole se ne accorge.

«Comunque, pure mia mamma vuole che io mi iscriva a Economia, magari saremo compagne di studio pure all'università...», mi dice spezzando il lungo silenzio.

«In che senso?», dico io.

«Con tuo papà avete parlato di università, no? Mi è sembrato di aver capito che farai Ingegneria o Economia... io quasi di sicuro mi iscriverò a Economia, mia madre vuole assolutamente che io entri nell'impresa di famiglia, dove ho un futuro assicurato. E tu invece che cosa vuoi fare?».

Studiare musica!, vorrei rispondere. Non me ne frega nulla di numeri, cifre, non ci capisco niente, non me ne frega nulla nemmeno del futuro assicurato! Non voglio fare Economia, tantomeno Ingegneria.

Io voglio iscrivermi a una facoltà di Musica.

Ma come faccio a dirlo ai miei genitori, e soprattutto a mio padre? Già è così lontano e devo lottare per conquistarmi le briciole del suo affetto... non mi perdonerebbe mai una scelta del genere.

D'improvviso mi scoppia un gran mal di testa.

«Scusa, Sole, ho un'emicrania pazzesca, meglio che vada a casa».

«Oddio, Maya, mi dispiace. Vuoi che ti accompagni? Ho la macchina qui davanti, ci mettiamo un attimo».

«Grazie ma preferisco camminare. Magari l'aria fresca mi farà bene. Ci vediamo domani a scuola».

E prima che lei abbia il tempo di replicare sono già in strada, a respirare l'aria fresca dell'autunno a pieni polmoni.

Faccio una lunga passeggiata per sbollire la tensione della telefonata con mio padre e quando rincaso è già tardi.

Appena apro la porta, la mia sorellina mi corre incontro e mi si aggrappa alle gambe.

«Maya ha un fidanzato! Maya ha un fidanzato!», dice.

«Ehi, ehi», dico prendendola in braccio. «Cos'è questa storia? Non eri tu quella fidanzata con Diego, piccolina?».

«Guarda là!», con la mano indica il tavolo del salotto. In un vaso c'è un bellissimo mazzo di rose rosse.

In quel momento mia madre compare dalla cucina: ha chiazze scarlatte ovunque, sui vestiti, sulla faccia e persino sui capelli. Nella luce bassa dell'atrio, sembrano schizzi di sangue.

«Oddio, mamma, cos'è successo?», dico preoccupata.

«Niente, ho solo avuto un piccolo problema con la salsa di pomodoro...».

«Che tipo di *piccolo* problema?».

«Mi sono distratta un attimo con la padella sul fuoco, e un secondo dopo la salsa ha iniziato a scoppiettare ovunque... tipo pop-corn, insomma».

«Tipo pop-corn, certo», faccio ironica. «Quindi anche stasera pizza, vero?», aggiungo.

«No, ho già ordinato un quintale di sushi. Se vedo ancora del pomodoro do di matto!».

Scoppiamo a ridere entrambe, e tutta la tristezza rimasta nel mio cuore vola via di colpo.

E poi mi ricordo delle rose.

«Mamma, ma quelle rose da dove arrivano?».

«Le hanno recapitate poco fa e le ho subito messe nel vaso. Sono per te! E c'è anche un bigliettino... non è che ti sei trovata il ragazzo e non me lo hai detto?».

«Mamma, no! Non ho proprio idea di chi possa averle mandate, te lo giuro».

Mi avvicino al mazzo: è davvero magnifico. Trovo il biglietto attaccato al gambo di una rosa con un pezzettino di scotch. Sulla busta c'è solo scritto: *Per Maya*. Apro la busta, e sul foglietto leggo: *Eri bellissima stamattina con quel maglione rosa.*

Mi guardo: ho ancora indosso il maglione, l'ho messo appena sveglia pescandolo a caso dall'armadio.

Ma chi è questo misterioso ammiratore che mi regala rose?

Una parte di me è lusingata da questo gesto ma, allo stesso tempo, provo una leggera ansia che non mi abbandona per tutta la sera.

Ma do la colpa ai maledetti idrocarburi, perché la ricerca di scienze mi tiene sveglia fino alle tre del mattino.

8

«Non posso uscire così».

«Sì che puoi».

«Con tutto questo verde sembro un albero di Natale. Mi manca solo il puntale in testa a forma di stella e qualcuno che canti *Jingle Bells*».

«Maya, smettila, questo colore ti sta benissimo».

«No, ora torno in camera mia, apro l'armadio e cerco qualcosa di più semplice, meno vistoso, più comodo...».

«Maya, basta! Con tutti questi più e meno mi fai venire il mal di testa. Sei perfetta. Punto».

Sono davanti allo specchio.

Indosso un vestito verde smeraldo di mamma, è un po' démodé, largo in vita e con le spalline anni Ottanta, ma è bastato un salto in sartoria per renderlo più attuale.

Ho i capelli sciolti sulle spalle, ho sfumato un ombretto nero sulla palpebra fissa e su quella mobile ne ho applicato uno oro. L'oro fa risaltare le pagliuzze verdi e dorate delle mie iridi castane e dona più profondità al mio sguardo.

Ai piedi ho un paio di tacchi con plateau che mi regalano dieci centimetri in più di altezza. Sempre che non mi ci ammazzi.

Ma, come dice sempre Chiara, meglio morta in tacchi che viva in ballerine.

Mamma, mentre mi aiuta ad allacciare la collana vintage che ho comprato con Sole, continua a dirmi che sono meravigliosa, e me lo ripete così tante volte che finisco quasi per crederci.

Agnese arriva di corsa dalla cucina e mi finisce addosso. Traballo sui tacchi ma riesco a mantenere l'equilibrio.

«Ehi, ehi, piccolina, attenta!», la rimprovero con dolcezza.

Lei mi guarda e poi dice incantata: «Ooooh, Maya, sei bellissima! Sembri una fata!».

«Brava Agnese», dice la mamma prendendola in braccio. «Tua sorella sembra proprio una fata. E se non vuole che io mi trasformi in una strega, dovrà essere a casa entro le due come promesso. Siamo intesi, Maya?».

«Certo mamma, sarò puntualissima», dico sbuffando.

«Tu e la puntualità non potete stare nella stessa frase», ribatte lei.

«La puntualità dev'essere una dote che ho preso... uhm, fammici pensare... ma certo, dall'autrice dei miei giorni, ovvero *mia madre*», rispondo ironica.

La mamma butta la testa indietro e scoppia in una risata fragorosa.

«Vedo che hai ereditato da me anche la battuta pronta. Ma ora muoviti, dài, ovviamente sei in ritardo e la tua amica deve essere già arrivata».

Effettivamente Sole mi ha già tempestato di messaggi, è qui sotto da un quarto d'ora e minaccia di andarsene se non mi vede comparire entro tre minuti.

Prima di prendere la mia giacchina di pelle – che fa a cazzotti col vestito, ma non ne ho altre –, la borsetta e infilarmi in ascensore, faccio un selfie per Chiara.

È online e mi risponde subito: *E tu chi diavolo sei? Dove hai messo la mia amica sempre in jeans e sneaker??? L'hai rapita??? Ridammela subito!!!*

Le mando una schermata di faccine che ridono fino alle lacrime.

Maya, io sono scema e lo sai, ma tu stasera sei veramente favolosa. Divertiti e non fare niente che io non farei, quindi datti alla PAZZA GIOIA, mi raccomando!!!

Rispondo con tanti cuoricini, le auguro buona serata e mi precipito in ascensore.

Adam ha bidonato Sole, che ci è rimasta malissimo. Pensava addirittura di non venire, ma poi mi ha proposto di andare insieme al party, visto che neanche io ho un "più 1" da portare.

«Ammazza Maya, la sobrietà prima di tutto, eh?», mi accoglie appena salgo in macchina.

«Perché? Cos'ho che non va?», balbetto imbarazzata, pensando di essere ancora in tempo per tornare a casa a cambiarmi.

«Maya, non hai niente che non va, anzi sei top. Adoro questo *altfit*, solo che non sono abituata a vederti così... è uno shock, mi devo riprendere!», scherza.

«Sole, si dice outfit, non *altfit*, lo sa pure nonna Paola!», la rimprovero bonaria. Poi scoppiamo a ridere entrambe.

«Però ce ne hai messo, eh!», dice lei tornando seria a fatica. «Stavo facendo le ragnatele! Ti hanno mai detto che la puntualità è una forma di rispetto per le altre persone?».

«Sole, ti prego, non ti ci mettere pure tu, mi basta già la preside Iena, per favore. Piuttosto, sappiamo come arrivare?».

«No problem. Ho già impostato il navigatore. Ventisette minuti esatti e dovremmo esserci. Per le nove e quarantacinque massimo siamo lì, ma proprio se butta male».

Di minuti ce ne mettiamo cinquantasette. E l'impresa di camminare dritta sui tacchi è l'ultimo dei miei problemi in confronto alla prospettiva del viaggio di ritorno.

Sole guida peggio di mia madre. Perché mia madre almeno va veloce, mentre la mia compagna di banco non sa neanche mettere le marce e va più piano di un lombrico.

D'altronde ha preso la patente da meno di tre mesi, perlomeno è prudente.

La macchina ci si spegne almeno cinque volte, e le ripartenze in salita sono un incubo. Ogni volta che l'auto slitta all'indietro, entrambe urliamo.

Ci sorpassano tutti strombazzando, ma in qualche modo riusciamo ad arrivare alla villa.

Lasciamo la macchina nel parcheggio e ci incamminiamo sul vialetto illuminato da fiaccole.

Appena ci avviciniamo, vedo le sagome di tantissime persone e sento della musica in sottofondo. C'è praticamente tutta la scuola, ma anche moltissima gente che non ho mai visto, ragazze e ragazzi più grandi. Questo, almeno per la quantità di gente stipata qui dentro, è davvero il party del secolo.

Decine di camerieri fanno avanti e indietro reggendo vassoi con bicchieri di prosecco. Un fotografo con assistente al seguito fa mettere in posa gruppi di persone e scatta immagini dell'evento.

Il dj per ora sta mettendo della musica lounge per favorire la conversazione.

Io e Sole entriamo e ci facciamo largo tra la folla.

Dopo pochi minuti vedo Clarissa. È circondata da un gruppo di ragazzi che le fanno gli auguri e non hanno occhi che per lei.

È veramente splendida, l'abito a sirena color corallo le sta alla perfezione. I lunghi capelli biondi, raccolti in un alto chignon, lasciano scoperto il suo lungo collo da cigno.

Appena si accorge di me e di Sole, si congeda dai suoi ammiratori e ci viene incontro.

«Sole, Maya! Siete assolutamente top! Dove avete lasciato i vostri ragazzi?».

Io e Sole ci guardiamo, nessuna parla, e poi Sole dice: «È una lunga storia. Dov'è il buffet?».

Clarissa ci guarda perplessa, poi risponde: «Nella sala degli affreschi, servitevi pure».

E corre a salutare altre persone, leggera come una farfalla sui tacchi altissimi.

Appena ci dirigiamo verso la sala, il cellulare di Sole squilla.

«Oddio è Adam! Maya scusa devo rispondere, ci vediamo dopo!».

La vedo allontanarsi per cercare un angolo tranquillo dove poter parlare. Sono sola.

Mi giro e mi trovo davanti le gemelle: hanno lo stesso outfit, la stessa pettinatura e lo stesso make-up. Non sono mai riuscita a distinguerle, figuriamoci stasera!

«Ciao Maya!», squillano. «Ti stai divertendo?».

«Veramente sono appena arrivata», dico.

«Ah bene!».

«Sì, bene», faccio io, paziente.

«Benissimo!», trillano loro.

E poi la conversazione si spegne. Fingo un improvviso attacco di sete e raggiungo svelta il buffet.

Ci sono dei bicchierini di finger food, ma non riesco a decifrarne il contenuto. Non mi ispirano granché: ne afferro uno, lo assaggio, ma ha un sapore terribile. Senza farmi vedere, lo sputo educatamente in un tovagliolo. Il mio stomaco si è messo a brontolare dalla fame, ma qui vedo solo porzioni microscopiche

che potrebbero sfamare giusto un lillipuziano. Sarà pure tutto estremamente sofisticato, ma come fanno le persone a sentirsi sazie con queste quantità ridotte di cibo? Per fortuna c'è anche un piattone di salumi e formaggi. Afferro un crostino di pane, ci piazzo sopra una torretta di fette di salame e formaggio e lo divoro in un batter d'occhio.

È una vera delizia. Ora posso anche concedermi un bicchiere di prosecco.

Appena un cameriere mi passa accanto, agguanto al volo un bicchiere con una mossa da diva consumata.

Il vassoio oscilla pericolosamente sopra la sua mano, ma lui per fortuna riesce a non far cadere tutto.

«Stai attenta!», mi apostrofa guardandomi malissimo. «Non devi prendere il calice più esterno, altrimenti il vassoio si sbilancia e rovescio tutto!».

«Scusa, non volevo», arrossisco, provando a rimediare. Lui però se n'è già andato.

«Ehi, ma tu devi sempre combinare guai?», dice scherzosamente una voce familiare alle mie spalle.

Mi volto di scatto. È Filippo, ovvero Mister Sorriso Smagliante. Ha uno smoking nero con tanto di papillon. Ha tirato indietro col gel il folto ciuffo di capelli castani e una leggera barba gli dà un'aria molto affascinante.

Se ci fosse qui Chiara probabilmente sarebbe già cascata ai suoi piedi.

Ma io non sono Chiara, e se stasera casco sarà solo per colpa di questi dannati tacchi che hanno già iniziato a farmi male.

«Sei stupenda, Maya. Sei la più bella della festa».

Un pensiero mi attraversa la testa come un lampo: non è che è stato lui a regalarmi le rose? Però la prima rosa l'ho trovata sulla macchina il primo giorno di scuola quando non ci conoscevamo ancora, quindi è impossibile che sia lui il mio ammiratore misterioso...

«Grazie Filippo, sei troppo gentile...».

«Voglio ballare con te tutta la notte», mi interrompe.

I suoi occhi mi percorrono tutto il corpo, indugiano a lungo sul mio seno. Non mi piace questo sguardo, è ambiguo e viscido.

«Spiacente, Filippo, ma i tacchi mi fanno troppo male per ballare», taglio corto.

Lui fa una smorfia di delusione ma non si arrende.

«E allora andiamocene da questa festa. Conosco un posto qui vicino dove potremmo stare un po' soli e parlare, conoscerci meglio...».

Ma che si è messo in testa?

«Sono con Sole, non posso mollarla qui da sola».

«Ma che ti importa di Sole?», e poi mi si fa più vicino, mi cinge deciso la vita con un braccio come se fossi di sua proprietà e mi sussurra all'orecchio: «Su, andiamo, ho visto come mi guardi, so che lo vuoi anche tu, non perdiamo tempo in chiacchiere».

Faccio un respiro profondo per tentare di mantenere la calma e lo allontano con fermezza.

«Filippo, credo che tu abbia frainteso. Io da te non voglio proprio niente».

La rabbia per un attimo gli deforma il viso.

«Sei solo una stupida ragazzina provinciale. Te ne pentirai», sibila stizzito.

Poi se ne va senza nemmeno lasciarmi il tempo di replicare.

Sono sconvolta. Me ne voglio andare da questa stupida festa. Ma Sole dove si è cacciata?

La cerco in tutti i saloni, ci sono persone dappertutto, ma di Sole nemmeno l'ombra.

Appena mi avvicino alla piscina, un ragazzo del liceo prova a buttarmi in acqua, ma l'occhiata assassina che gli lancio lo fa desistere dal suo proposito.

Per calmarmi decido di andare in bagno, ho bisogno di stare un attimo da sola, lontana da tutta questa gente che non conosco e che non mi piace.

Filippo, dietro la facciata da ragazzo perfetto, si è levato la maschera e si è rivelato per quello che è: un viscido, arrogante ragazzino viziato.

Finalmente trovo il bagno – anche questo enorme e sontuosissimo, con la rubinetteria dorata – e mi chiudo dentro una delle toilette. Ho il cuore che mi batte fortissimo dalla rabbia.

Faccio dei respiri profondi per tranquillizzarmi e prendo il cellulare. C'è un messaggio di mio padre che mi chiede della scuola – lo ignoro, gli risponderò domani –, e un altro di Chiara: *Allora, come sta andando il party del secolo? Fammi sognare ti prego!!!*

Mentre sono indecisa se risponderle o meno, sento delle voci. Qualcuno è entrato in bagno.

«Sei così bella, Clarissa, lui non ha occhi che per te!», squittiscono le gemelle in coro. Credo proprio che abbiano un cervello in due.

«Lo so, ragazze. Stasera io e Filippo ci rimetteremo insieme, me lo sento», la voce di Clarissa è fredda e determinata. «Avete visto come gli sta addosso quella gattamorta di Maya? Lui è ancora innamorato di me, è palese».

«Sì, sì, è così», rispondono le gemelle all'unisono.

Un milione di spilli mi trapassano il cuore. Io *gattamorta*?! Ma se Filippo si è fatto un film tutto suo!

Perché le ragazze finiscono sempre per giustificare i comportamenti dei ragazzi e preferiscono prendersela con le altre ragazze? È una cosa che detesto e non capirò mai.

«E ora torniamo di là, non posso assentarmi a lungo, sono la regina della festa!», conclude Clarissa andandosene insieme alle gemelle.

Nel bagno torna il silenzio. E la mia testa viene assalita da mille pensieri: sarei dovuta uscire dalla toilette per difendermi dall'accusa di Clarissa e dirle che persona è realmente Filippo? E se poi non mi avesse creduto? Dopotutto ci conosciamo appena, non siamo amiche, e dopo essermi beccata della "gattamorta" non voglio nemmeno diventarlo.

Esco dal bagno sempre più determinata a trovare Sole.

La chiamo anche al cellulare, che però è sempre occupato. Ovviamente. Sarà ancora al telefono con Adam.

Nel frattempo, nel salone principale il dj ha cambiato musica: sento *Anaconda* di Nicki Minaj seguito da *One Kiss* di Dua Lipa e Calvin Harris. La pista si riempie, tutti si mettono a saltellare.

Clarissa è al centro: balla benissimo, si muove a ritmo ondeggiando i fianchi; i capelli, liberi dallo chignon, sono una cascata bionda sulle spalle, è veramente magnetica. Un paio di ragazzi le si avvicinano, ma tra loro non c'è Filippo. Per fortuna anche lui sembra scomparso.

Non voglio incrociare lo sguardo di Clarissa, se solo ripenso a quello che ho sentito in bagno mi sale una rabbia allucinante. Mi allontano velocemente.

Cerco Sole dappertutto: esco sul terrazzo, ma ci trovo solo le tre Disgrazie. Sono molto stupita di vederle: che cosa ci fanno qui? Sono quasi certa che Clarissa non le abbia invitate. Forse si sono imbucate.

«Ciao Maya, come stai?», mi salutano cordialmente, anche se stasera sono più inquietanti del solito. Hanno naturalmente un look total black, con un trucco da mogli di Dracula.

«Bene, grazie», taglio corto, senza però essere scortese. «Non andate a ballare? Il dj sta mettendo dell'ottima musica».

«A noi questa musica fa schifo. È così... commerciale! Noi ascoltiamo solo electro-industrial anni Novanta, che è lo specchio della decadenza di questa società consumistica», risponde Atena con tono sprezzante.

Ma perché quando le Disgrazie parlano sembra sempre che facciano un comizio politico?

«Comunque, il catering di questa festa è eccezionale», cambia discorso Milena. «La mousse al tamarindo è ottima, fruttariana e ogm-free, l'ho chiesto al cameriere! Abbiamo fatto bene a imbucarci!».

Avevo ragione: fanno tanto le alternative, ma anche loro non si sono volute perdere la festa del secolo.

«Scusate, avete visto Sole?», chiedo.

«Mi è sembrato di averla vista incamminarsi verso il parco», dice Maddalena. «Forse andava ad abbracciare qualche albero per entrare in connessione profonda con la nostra grande Madre Terra!».

L'immagine di Sole che va ad abbracciare un albero è improbabile tanto quanto quella di me che prendo un nove in chimica. Quindi, più che improbabile, totalmente impossibile.

«Ehm, grazie Maddalena. Ora vado a cercarla».

«Non vuoi fermarti un attimo con noi?», chiede Atena. «Prima che tu arrivassi stavamo parlando della programmazione del cineforum scolastico. Inizieremmo con una retrospettiva sul cinema russo d'avanguardia degli anni Venti, per poi proseguire con l'espressionismo tedesco... insomma, una figata! Altro che serie tv!».

Non oso dire alle Disgrazie che amo le commedie romantiche francesi, e che sono una divoratrice di serie tv. L'unica volta che ho provato a vedere un film muto mi sono addormentata dopo tre minuti.

È stato un ottimo rimedio contro l'insonnia.

«Grazie, ma devo scappare a cercare Sole! Ormai sono ore che non la vedo!».

Le lascio alla loro discussione sui capolavori della cinematografia dei primi del Novecento e mi incammino verso il parco.

Mi ritrovo in fretta in una zona fitta di alberi, è buio e per non inciampare mi faccio luce col cellulare.

Certo che camminare qui coi tacchi non è proprio un'idea geniale.

A un certo punto sento delle voci, mi pare che siano di una ragazza e di un ragazzo. Forse Sole sta parlando con Adam in vivavoce.

Mi faccio più vicina, fino ad arrivare ai margini di una radura.

La luce della luna illumina i corpi vicini di Clarissa e Filippo.

Stanno litigando, e mi pare che il volto di lei sia bagnato di lacrime.

Mi nascondo dietro un albero.

«Ma l'hai capito o no che tu sei mia!», le urla Filippo a pochi centimetri dalla faccia.

«Filippo, scusami ti prego...».

«Ho visto come facevi la cretina con quello sfigato di Luca! Ti sei strusciata addosso a lui mentre ballavi», continua Filippo. «Ma come ti sei permessa? Volevi farmi fare la figura del cornuto davanti a tutta la scuola?».

«Filippo, ma io stavo solo ballando...».

«Ballando? Tu non puoi ballare con nessuno, tu sei di mia proprietà, mettitelo bene in testa», ringhia lui.

Lei ha la testa china, lo sguardo basso.

«Non stavo facendo nulla di male, amore...».

«Amore a chi? Hai sgarrato, Clarissa, e ora te la farò pagare», la interrompe lui. Poi scoppia in una risata cattiva. «Adesso vedi cosa ti combino», dice con tono di sfida, e se ne va.

Ma come si permette Filippo? Nessuna ragazza si merita di essere trattata così. Mai, per nessun motivo. E io lo so bene.

Nella mia testa, incontrollabili, appaiono flash del mio passato: mi rivedo mentre singhiozzo da sola chiusa in bagno, dopo che lui mi aveva fatto male...

Quando a fatica riemergo dal buco nero dei miei ricordi, Filippo e Clarissa sono scomparsi.

Mi incammino di nuovo verso la villa, di pessimo umore. Penso a ciò che ho appena visto: Filippo non si doveva permettere di comportarsi così.

Ma chi si crede di essere? Il suo comportamento fa schifo, è intollerabile.

Sono furibonda e talmente immersa nei miei pensieri che non mi accorgo che un fagotto rosa accasciato ai piedi della scalinata sta pronunciando il mio nome.

«Ma-ya...! Maya!», biascica il fagotto.

È Sole. È completamente ubriaca, in mano stringe una bottiglia di prosecco quasi vuota.

«Sole! Ma che è successo, dov'eri? Ti ho cercata dappertutto!».

«Maya, non puoi capire, non puoi capire...», farfuglia.

Ha una faccia spaventosa, tutto il trucco colato. Tenta di portarsi la bottiglia alle labbra, ma io gliela strappo dalle mani.

«Non posso capire cosa? Parla, Sole!».

«Adam... Adam mi ha mollato!». E scoppia in singhiozzi.

Che serata tremenda. Vorrei teletrasportarmi nel mio letto.

«La distanza... i verbi sbagliati... Maya, è tutto un casino, ma io lo amo, *I can't live without ill*!».

«*Him*».

«Eh?».

Non insisto sulla sintassi inglese perché la situazione è già abbastanza tragica. Faccio alzare Sole per portarla in bagno.

Deve lavarsi la faccia e riprendersi.

Le ficco la testa sotto il rubinetto per un minuto, poi la aiuto pazientemente a tamponarsi i capelli con le salviette del bagno.

Ma è ancora ubriaca, fa fatica a stare in piedi, di sicuro non è in grado di guidare.

Sono quasi le due, è tardissimo e io non ho la patente. Come faremo a tornare a casa?

Torniamo nel salone principale, Clarissa e le gemelle non si vedono, ma la festa è al suo culmine, il dj si agita in consolle, tutti ballano e brindano, nessuno sembra avere intenzione di tornare a casa.

Non c'è altro da fare se non aspettare che la sbronza di Sole passi, o che qualcuno prima o poi ci dia un passaggio in auto.

Faccio un salto rapido al catering, riempio un piatto di pizzette superstiti e chiedo alla cameriera una bottiglia grande di acqua frizzante. Lei mi guarda un po' dubbiosa ma poi me la dà.

Torno da Sole, che mi aspetta nell'atrio, semicollassata su una poltrona.

«Ehi, svegliati! Devi mangiare qualcosa e bere, così starai meglio. Ecco, ti ho portato acqua e pizzette».

Obbedisce senza protestare, poi la scorto fuori sperando che l'aria fresca della notte la faccia riprendere più in fretta.

La sorreggo perché barcolla ancora un po'.

«Oh, Maya, scusa, mi sa che ho esagerato», mi spiega, «ma dopo che Adam mi ha detto quelle cose, cioè, che mi mollava e tutto, non ci ho capito più un cavolo. Ho rubato una bottiglia di prosecco al cameriere e me la sono scolata tutta».

«Lo vedo che te la sei scolata tutta», le faccio notare.

«Oh, grazie eh, che sei qua con me. Cioè, alla fine è come se tu avessi sempre... come dire? Oddio, sono troppo sbronza, non trovo le parole giuste, fammi pensare...».

«Sole, stai sbiascicando, e mi stai pure sputacchiando un po' addosso, puoi anche dirmelo domani».

«No, no, te lo voglio dire adesso! Com'è quel proverbio latino? *In vino plexigas...*».

«*In vino veritas*», la correggo paziente.

«E io che ho detto? Comunque, da ubriachi si dice sempre la verità. E tu, tu Maya», mi indica col dito e quasi perde l'equilibrio, la riacchiappo al volo, «è come se avessi un'armatura addosso contro cui la gente va a sbattere, ma se te la togli sotto sei pure una bella persona».

Per fortuna è buio e Sole non vede che il suo complimento

– anche se un po' sgangherato – mi ha fatta emozionare.

All'improvviso la voce di un ragazzo ci fa trasalire, Sole fa un salto indietro e affonda il tacco della sua scarpa nel mio piede.

Io urlo dal dolore, lei urla dallo spavento, entrambe perdiamo l'equilibrio e caschiamo a terra.

È una serata davvero memorabile, nel senso che difficilmente potrò scordare una festa tanto disastrosa.

Mentre ci penso scoppio a ridere, non riesco a fermarmi, rido a crepapelle con Sole che mi guarda come se fossi impazzita e poi comincia a ridere insieme a me.

«Oddio, scusate, non volevo spaventarvi! Vi siete fatte male?», chiede premuroso un ragazzo che mi pare di avere già visto. È il cameriere a cui per poco non ho rovesciato il vassoio.

«No, no, tranquillo, stiamo benissimo!», ululo, sempre ridendo come una matta.

«Ma siete ubriache?».

«Io no, ma lei sì», rispondo, sforzandomi di ridiventare seria. «E siamo anche nei casini fino al collo, nel senso che lei non può guidare, io non ho la patente e avremmo dovuto essere a casa...», controllo l'ora sul cellulare, che ha solo una tacca di batteria. «Mezz'ora fa».

«Ah, ecco perché non mi tornava il conto delle bottiglie di prosecco. Qualcuno deve averne rubata una».

Sole fa la faccia colpevole, una smorfia così assurda che scoppio a ridere di nuovo.

«Be', vedo che ve la state davvero spassando», fa il ragazzo, divertito ma un po' perplesso. «Comunque, io ho appena finito il servizio, se volete guido io la vostra macchina. Almeno non devo aspettare i miei colleghi per tornare a casa. Giuro che sono super prudente, metto sempre la cintura e non supero i limiti di velocità».

Io non sono molto convinta – stasera la mia fiducia nell'umanità è pari allo zero assoluto – ma non ci sono molte alternative.

Ci dirigiamo insieme al parcheggio, io e il ragazzo – si chiama Andrea – sorreggiamo Sole e la carichiamo in macchina, sul sedile posteriore.

Nel giro di due minuti, ancora prima di oltrepassare il cancello della villa, sta già russando come un trattore.

Andrea non ha mentito: alla guida è molto attento, e non supera i limiti anche se in giro non c'è nessuno.

Tiro fuori il cellulare dalla borsa per quantificare il mio ritardo ma si è spento, è completamente scarico.

Chiedo ad Andrea di prestarmi un momento il suo telefono per scrivere un messaggio a mia madre. *Ehi, mamma, sono io, ho il telefono morto! In ritardo, ma sto arrivando!*

Le due spunte non diventano blu. Emetto un sospiro di sollievo. Di sicuro starà dormendo e non si accorgerà mai del mio ritardo spaventoso.

Durante il viaggio Andrea non parla molto. Ma non sono imbarazzata da questo silenzio e non cerco di riempirlo come al solito con chiacchiere superficiali.

È un po' il silenzio che si crea tra due vecchi amici, che stanno bene insieme anche senza parlare, ed è stranissimo perché Andrea è praticamente uno sconosciuto.

Mi domanda solo se mi sono divertita alla festa, e al mio «Insomma», risponde: «Ti capisco, queste feste sono così vuote. Ti fanno sentire solo anche in mezzo a mille persone».

Colpita e affondata. Ha compreso esattamente il mio stato d'animo senza bisogno di parole.

«Certo, poi però ci sono anche delle ragazze carine che vogliono rovesciarti i vassoi e farti licenziare...», aggiunge con un sorriso che gli illumina il volto.

Io ridacchio, e il resto del tragitto passa veloce in un piacevole silenzio.

Arriviamo al palazzo di Sole: la sveglio, e visto che è reattiva quanto uno zombie salgo con lei fino al sesto piano e la aiuto ad aprire la porta.

Poi risalgo in macchina e Andrea mi accompagna a casa: lascia l'auto di Sole davanti al mio condominio, per poi prendere un autobus notturno per tornare nel suo appartamento.

«Ciao Andrea, grazie del passaggio, sei stato l'unica nota positiva in una notte disastrosa», lo saluto.

Sono le tre del mattino, e a quest'ora non c'è spazio per le formalità: si può solo essere autentici.

«È stato bello averti conosciuto, Maya. Buonanotte».

Si avvicina e mi guarda con i suoi occhi scuri e profondi,

forse vorrebbe dire o fare qualcosa di più, mi fa una carezza dolce sulla guancia, si gira e si allontana.

Non mi ha chiesto il numero di telefono.

Ma non ho il tempo di rimanerci male, perché sono in un ritardo mostruoso.

Mi tolgo i tacchi per correre più veloce e mi precipito in ascensore, se non faccio rumore e non accendo le luci mamma non si accorgerà di nulla... forse riesco a cavarmela.

Infilo con delicatezza la chiave nella serratura, giro la maniglia e apro pianissimo la porta.

La luce dell'atrio si accende di colpo. La mamma è appoggiata al muro, ha le braccia incrociate sul petto e in faccia un'espressione di gelida delusione.

«Maya».

«Mamma, scusa, ti prego, lo so che sono in ritardo, è capitato di tutto stasera, Adam ha mollato Sole, siamo rimaste a piedi, ho anche cercato di avvertirti...».

«Le tue scuse non mi interessano. Non hai rispettato i patti. Hai approfittato della mia fiducia e mi hai fatta preoccupare inutilmente. Sono quasi morta di paura pensando che ti fosse capitato qualcosa».

«Mamma, perdonami...».

«Ne parliamo domani. Ora vado a dormire».

Gira le spalle e se ne va in camera sua, lasciandomi sola nell'atrio con ancora i miei stupidi tacchi in mano.

9

È lunedì sera e sono sdraiata sul divano del salotto a guardare un talent musicale in tv sgranocchiando pop-corn e messaggiando con nonna Paola.

Fuori piove e il mio umore è grigio come le nuvole.

La mamma è arrabbiata con me, ieri mi avrà detto dieci parole in tutta la giornata, scrivo alla nonna.

Mi ha letto che sei formata in petardo, digita lei. Passano cinque secondi e si corregge da sola: *Mi ha detto che sei tornata in ritardo.*

Sì, non ho rispettato l'orario, ma la mamma quando vuole sa essere così dura..., scrivo.

Tesoro, stai tranquilla che poi le scassa, risponde lei, e poi aggiunge: *Scusa, le passa!*

La nonna è l'unica in grado di restituirmi il buonumore, anche se a digitare i messaggi è proprio un disastro.

Ieri è stata davvero una giornataccia: mamma non mi ha praticamente parlato per tutta la domenica, e il suo silenzio è molto peggio di una sfuriata.

Anche questa mattinata a scuola è stata strana: tutti parlavano entusiasti della festa di sabato sera e raccontavano aneddoti divertenti, ma Clarissa e le gemelle erano molto silenziose.

All'intervallo ho cercato di avvicinarmi a Clarissa per chiederle come stava. Ho notato che era pallida, con delle occhiaie profonde. Avrei voluto dirle che non deve mai più subire una scenata come quella di sabato notte, e che si merita un ragazzo che la ami davvero e che la tratti con gentilezza e rispetto.

Ma le parole mi sono rimaste in gola quando lei, guardando da un'altra parte, mi ha risposto fredda: «Che vuoi, Maya? Non mi far perdere tempo, ho molto da fare», e si è allontanata.

Ho incrociato anche Filippo per i corridoi che mi ha guardata con un'espressione di sfida.

Non ho distolto lo sguardo, e alla fine è stato lui ad abbassare gli occhi. Che vigliacco.

La cosa da segnare sul calendario è che Sole non ha toccato il cellulare per cinque ore di fila e ha addirittura preso appunti. Forse è per questo che sta venendo giù il diluvio universale.

È stata anche l'unica a risolvere un'equazione difficilissima proposta dal prof Bernardi, e lui era talmente emozionato che sputacchiava più del solito e quasi si è commosso.

La guardava con gli occhi a forma di cuore. E alla fine, anche se non era un'interrogazione, le ha messo un otto sul registro.

Sole, da quando ha mollato lo smartphone, si è rivelata un vero genio della matematica. Mi ha promesso che mi darà una mano, mentre io continuerò a darle ripetizioni di inglese, non sia mai che Adam cambi idea e torni in ginocchio da lei.

Sole infatti non ha perso le speranze di riconquistarlo.

Nel frattempo sullo schermo della tv si alternano i cantanti, e a un certo punto sul palco sale una ragazza poco più grande di me, e che un po' mi assomiglia: bassina, capelli lunghi e scuri un po' mossi, look semplice ma curato.

Ha una chitarra a tracolla, e appena inizia a pizzicare le corde e a cantare tutto il pubblico ammutolisce. La telecamera fa una carrellata sui giudici: un paio hanno le lacrime agli occhi. Io ho la pelle d'oca dall'emozione.

Questa ragazza è davvero bravissima.

Il pezzo finisce, parte una standing ovation, anche io mi alzo di scatto dal divano per applaudire meglio e rovescio la ciotola dei pop-corn.

Ok, ho la coordinazione di un bradipo. Di sicuro l'agilità non è il mio talento principale.

Mentre sono china sul tappeto a raccogliere i pop-corn sparsi ovunque, la mamma entra come una furia nel salotto.

«Mamma, scusa, adesso metto tutto a post...».

Non mi fa finire di parlare e mi piazza il suo telefono a un millimetro dal naso: «Non bastano gli sconosciuti che ti mandano le rose? Chi sarebbe adesso questo Andrea?!».

Allontano il cellulare per metterlo a fuoco e sulla schermata di WhatsApp leggo: *Buonasera gentile mamma di Maya, sono Andrea, il ragazzo che sabato sera ha accompagnato sua figlia a casa. Sarebbe così cortese da darle il mio numero di telefono? Non ho altro modo di contattarla. Mi perdoni se l'ho disturbata, le auguro una piacevole serata! Andrea.*

«Ok, mamma, calmati. Ora ti spiego tutto!».

«Sarà meglio, Maya».

Andiamo in cucina e metto su una tisana: un mix di valeriana, camomilla e passiflora che stenderebbe anche un elefante, ma non mia madre, che non si tranquillizza finché non le racconto tutta la storia per filo e per segno.

«E perché non me l'hai detto subito che ti ha accompagnato questo Andrea?», incalza lei.

«Io te ne avrei anche parlato, ma tu ieri hai fatto lo sciopero della parola!», mi difendo io.

«E se questo ragazzo fosse stato, che so, un malintenzionato? Un serial killer???».

«Mamma, tu guardi troppi film! È stato solo molto gentile. E ha guidato con molta prudenza. Anzi, se proprio te la devo dire tutta...».

«Dimmi!».

«Guida decisamente meglio di te!».

La mamma strabuzza gli occhi, le va di traverso un po' di tisana, tossicchia per riprendere il controllo, poi mi guarda e scoppiamo a ridere.

Ci vogliamo troppo bene per tenerci il muso a lungo.

Pace fatta, finalmente.

Mi sono già messa il pigiama e lavata i denti, ma prima di posare la testa sul cuscino e farmi una bella dormita scrivo ad Andrea.

La mamma ha acconsentito a darmi il suo numero di telefono dopo che l'ho rassicurata sul fatto che mi è sembrato davvero un bravo ragazzo. Lei comunque era già rimasta piacevolmente colpita dal tono gentile del messaggio.

Ciao Andrea, sono Maya! scrivo.

Lui è online e mi risponde subito: *Ciao Maya! Scusa se ho*

scritto a tua mamma, spero di non averti dato problemi!

Io: *Be', diciamo che hai quasi creato un incidente diplomatico ma allo stesso tempo ne hai risolto uno più grande, quindi grazie* ;-)

C'è un attimo di silenzio, poi scrive: *Non ci ho capito un granché, ma che ne dici di spiegarmi tutto davanti a un aperitivo, venerdì sera?*

Il ritmo del mio cuore aumenta di colpo. Mi sta chiedendo di uscire. Non lo conosco minimamente, è solo un tizio che mi ha dato un passaggio a casa, dovrei dirgli di no, ma c'è qualcosa in lui che a istinto sento simile a me, quindi decido di fidarmi e accetto.

Benissimo, allora passo a prenderti alle 19, tanto so dove abiti ;-) *Buonanotte, Maya.*

Gli mando una faccina che dorme e un'altra che manda un bacio e spengo il telefono.

La settimana passa in un lampo e, grazie alle ripetizioni di Sole – sempre in detox dal telefonino –, riesco anche a prendere il primo sei e mezzo in matematica della mia vita.

È l'apice della mia carriera scolastica, so già che non capiterà mai più. Faccio la foto del compito con il voto in bella vista e la invio a mamma e a nonna che rispondono entusiaste facendomi i complimenti.

Quando mando la foto a papà invece la reazione è più tiepida: *Brava. Ma la prossima volta puoi fare di più*, mi risponde.

Ci rimango malissimo, anche se non sono esattamente sorpresa: per papà quello che faccio non è mai abbastanza. Probabilmente anche se prendessi dieci mi direbbe che avrei potuto fare di più.

Per fortuna il cattivo umore dura poco perché mia madre è talmente contenta di questo inaspettato successo che, quando le dico della mia uscita di stasera con Andrea, non batte ciglio e mi raccomanda solo di non fare tardi.

Mi sto ancora preparando quando lui mi scrive che è già sotto casa. Mi infilo al volo le scarpe, afferro la giacca leggera e scendo.

È in sella a un motorino, e appena mi vede mi porge un casco.

«Sali, Maya, andiamo a farci un giro!».

Mi arrampico dietro di lui un po' a fatica, lui fa la faccia divertita ma è così carino da non fare battute sulla mia goffaggine.

«Tieniti forte!».

Ruota la manopola dell'acceleratore e partiamo. Gli tengo le mani sui fianchi senza stringerlo troppo e respiro il suo profumo, fresco e pulito.

Attraversiamo mezza città ed entriamo in vie per me sconosciute piene di palazzi bellissimi. Più scopro Milano, più me ne innamoro.

Dopo circa una ventina di minuti, Andrea ferma il motorino in una piazzetta nel cuore di Brera.

Sistemiamo i caschi e facciamo quattro passi nel quartiere, pieno di locali alla moda, bar e ristoranti.

Andrea mi porta in un delizioso bar con arredamento vintage e piastrelle optical alle pareti; ci sediamo a un tavolino davanti alla vetrata.

«Cosa prendi?», mi chiede.

«Mmmh... non saprei... tu?», sono davvero indecisa.

«Che ne dici di un vino rosso? Qui hanno una selezione di vini buonissimi. Ti fidi di me?».

«Sì, mi fido», dico guardandolo fisso negli occhi. E di lui mi fido davvero, non so perché ma è così.

Lo sento a pelle.

Appena arrivano le nostre ordinazioni, iniziamo a chiacchierare e a sgranocchiare le patatine e i salatini che ci hanno portato insieme ai calici. Andrea mi chiede di me, della scuola, della mia vecchia vita al paesino.

Non sono domande di circostanza, mi pare veramente interessato, mi ascolta con espressione attenta. Io non voglio monopolizzare la conversazione, e provo a fargli delle domande, ma lui replica: «Mi annoio a parlare di me, mi conosco già abbastanza. Sono le vite degli altri ad affascinarmi».

Andrea sta studiando per diventare regista. Viene da un minuscolo paesino della Sicilia, si è trasferito a Milano dopo il liceo e per mantenersi fa il cameriere.

«Ma ho fatto anche il barista, il commesso, il rivenditore porta a porta, il pizzaiolo, il dog-sitter...».

«Caspita, ma tu hai una vita interessantissima! La mia in

confronto è tremendamente noiosa come... come...», cerco l'immagine giusta «come un film russo d'avanguardia degli anni Venti!».

«Non ti permettere di offendere i capolavori della cinematografia mondiale, piccola impertinente!», sghignazza lui tirandomi un salatino.

«Andresti d'accordissimo con alcune ragazze del mio liceo, se vuoi te le presento!», rido pensando alle Disgrazie.

«Se sono carine e simpatiche quanto te...», pausa di silenzio, «allora preferisco di no, grazie». Per un attimo fa una faccia seria e io ci sto per rimanere malissimo, poi non riesce a trattenersi e scoppia di nuovo a ridere.

«Ah ah, quanto sei spiritoso», dico sarcastica, tirandogli un'oliva e mancandolo per un pelo.

Era da tanto che non mi sentivo così con qualcuno. Sono rilassata, mi sto divertendo e sono a mio agio, completamente me stessa.

«Allora, Maya», mi dice tornando davvero serio, «io voglio diventare regista, e tu? Qual è il tuo sogno più grande?».

Mi mordicchio il labbro, resto un attimo pensosa.

Andrea mi piace, e tanto, ma non so se sono pronta a condividere con lui il mio segreto.

Lui capisce la mia esitazione.

«Maya, non c'è bisogno che tu mi risponda, tanto ti si legge in faccia...».

«Oddio, cosa?».

Detesto essere un libro aperto.

«È chiaro che il tuo più grande sogno sia conquistare il mondo! Quando sarai a capo del pianeta Terra, potresti per favore ricordarti di un cameriere un po' sfigato che hai conosciuto una sera e che non è riuscito a diventare regista?».

Scoppio a ridere.

«Andrea, ma tu non sei per nulla sfigato!».

«Be', oddio, quando stamattina il bancomat mi ha mangiato la carta perché ho il conto in rosso, un po' sfigato mi ci sono sentito!».

«Se è una bieca scusa per farti offrire da bere, giuro che mi arrabbio», gli dico fintamente minacciosa. «Comunque se non riesci a sfondare come regista potresti sempre fare il comico, mi stai facendo morire dalle risate!».

Era da un sacco che non mi divertivo così. Mi sento leggera, senza pensieri. Ed è tutto merito di Andrea.

«Quando ridi sei ancora più bella, Maya, quindi continuerò a fare il cretino!».

Andrea mi vede bella.

«Ti prego, basta ridere, già mi fa male la pancia, tra poco mi scendono pure le lacrime...», lo imploro ridendo.

«Ok, ok, la smetto. Ma solo per cinque minuti, così ti riprendi», dice.

Le nostre risate si spengono piano e ci guardiamo sorridendo. Le ciglia lunghissime donano al suo sguardo un'espressione dolce.

Sono occhi che non mi stancherei mai di guardare...

Poi la porta del bar si apre ed entrano due ragazzi che si tengono per mano. Uno dei due, alto e bruno, dà un'occhiata al nostro tavolo, sussurra qualcosa all'orecchio dell'altro ed escono subito dal locale.

Andrea ha cambiato espressione, è impallidito.

«Ehi, tutto bene?», gli chiedo preoccupata.

«Sì, sì», fa lui finendo il vino tutto d'un sorso.

Io continuo a chiacchierare del più e del meno, ma ora tra di noi c'è un po' di tensione.

Lui è diventato silenzioso e non ride più alle mie battute. La mia testa viene attraversata da mille pensieri: ho detto qualcosa di male? Di colpo non gli piaccio più? Forse ho qualcosa tra i denti e lui è troppo imbarazzato per dirmelo?

Non mi piace la piega che ha preso questa serata. Se devo fare un monologo, tanto vale che me ne vada.

Finisco il bicchiere e mi alzo.

«Be', grazie della serata, Andrea, ma forse è meglio che io torni a casa», dico infilandomi la giacca.

Lui d'improvviso si riscuote.

«No, Maya, ti prego, non andartene». Mi prende la mano e mi invita a risedermi. «Scusa se ti sono sembrato distratto. In realtà c'è una cosa che devo dirti».

Sento il cuore battermi nelle tempie.

Di che cosa mi deve parlare?

«Quello che è entrato prima era il mio ex col suo nuovo fidanzato. Ci siamo mollati da meno di un mese e lui sta già con un altro. Appena li ho visti mi è preso un colpo».

Rimango impietrita. Andrea si accorge del mio turbamento.

«Sì, Maya, sono gay. Ti ho chiesto di uscire insieme perché mi sei sembrata diversa da tutte le persone che conosco, ho sentito subito qualcosa che ci legava. Spero di non averti delusa. Stasera sono stato benissimo con te».

La mia testa va un attimo in blackout, e quando apro la bocca nemmeno io so cosa sto per dire: «Senti Andrea, guarda che tra me e te la sfigata sono io! Finalmente conosco un ragazzo che mi piace un sacco, e cosa succede? È gay! Mai una gioia, proprio».

Lui scoppia a ridere.

«E poi anche se tu fossi etero non ti vorrei mai come fidanzato», continuo. «Saresti sempre a zonzo per il mondo a girare film e io farei la muffa a casa tutta sola! E per fartela pagare finirei per guardare solo cinepanettoni!».

Riesco a strappargli un'altra risata. Poi mi stringe la mano e dice: «Grazie, Maya. Lo sentivo che eri una ragazza speciale. Il mio istinto non sbaglia mai».

Ordiniamo un altro calice di vino. Questa amicizia che sta nascendo va festeggiata. Mi gira piacevolmente la testa.

Chiedo ad Andrea di raccontarmi come ha scoperto la sua omosessualità, e lui si confida senza reticenze.

«L'ho sempre saputo, sin da quando ero bambino, ma è stata dura ammetterlo a me stesso. Sai, nel paesino dove sono cresciuto essere diversi dagli altri significa subire cattiverie ogni giorno».

«Ti hanno preso in giro?», chiedo con delicatezza.

«Sì, a scuola mi chiamavano "femminuccia", per non dire di peggio, solo perché non mi piaceva giocare a calcio. E poi quando ero già al liceo un giorno sulla lavagna ho trovato la scritta "Andrea frocio". Ci sono rimasto malissimo».

«Andrea, ma questo è bullismo!», dico indignata. «Ne hai parlato con qualcuno, un professore, i tuoi genitori?».

«No, mi vergognavo troppo. I miei sospettavano qualcosa,

ma facevano finta di nulla. Preferivano ignorare il problema piuttosto che ammettere di avere un figlio gay».

«Andrea, mi dispiace... chissà quanto dev'essere stato difficile per te...».

«Il giorno dopo essermi diplomato, ho fatto le valigie e sono scappato qui a Milano. Ho fatto mille lavori per mantenermi – oddio, effettivamente li faccio ancora adesso! –, e all'inizio è stata dura, durissima, i soldi non bastavano mai, ma non ho mai mollato perché finalmente potevo essere me stesso. E avevo trovato delle persone che mi volevano bene esattamente così com'ero. Non come i miei genitori...».

Queste parole vanno a colpire il mio cuore dritte come frecce.

«E ora com'è il rapporto con i tuoi?».

«Non sono mai venuti a trovarmi in tre anni che sto a Milano e io sono sceso da loro giusto un paio di volte per Natale, ma sono riscappato subito. Ci sentiamo al telefono, o meglio sento mia madre. Quando lo chiamo, mio padre è sfuggente, sembra sempre avere di meglio da fare che parlare con me».

«Quanto ti capisco... anche col mio è praticamente la stessa cosa».

E senza nemmeno rendermene conto ho gli occhi lucidi, e sto raccontando ad Andrea la storia della mia famiglia. Lui mi ascolta con attenzione e non si perde nemmeno una parola.

«...E così se n'è andato a Boston con la sua nuova famiglia, Susan e il figlio di lei, Charlie, mollandoci tutte quante come un vecchio paio di scarpe. Ma ciò che mi ferisce di più non è tanto che se ne sia andato, quanto la sensazione che non mi *veda* e che abbia poca voglia di conoscermi per davvero. O forse quello che vede non gli piace, e quindi preferisce continuare a ignorare quello che realmente sono...».

Tutte le lacrime che trattengo al telefono durante le conversazioni con mio padre si trasformano in cristalli adamantini che vanno ad avvolgere il mio cuore per proteggerlo.

Come una corazza.

«E io non ho il coraggio di dirgli chi sono davvero perché ho paura di deluderlo, ecco, e che si allontani da me ancora di più».

Non ho più fiato. Rivivere quei momenti fa male, e alla fine del racconto mi sento esausta, ma libera, senza più quel peso nero dentro il cuore. Sono quasi imbarazzata: ad Andrea ho raccontato delle cose molto intime di me, e ora è come se fossi nuda davanti a lui.

«Maya, grazie per aver condiviso con me tutto questo», mi dice. «Io non so se quello che abbiamo vissuto ci abbia resi più forti o più fragili, so solo che riusciremo a trasformare questo dolore in bellezza e che faremo delle nostre vite qualcosa di straordinario. Promettiamocelo!».

«Sì, te lo prometto», lo guardo negli occhi e ci leggo una determinazione che vorrei avere anche io.

Sigliamo il nostro patto con una stretta di mano e ordiniamo un altro bicchiere di vino.

I nostri calici tintinnano nel brindisi speciale che abbiamo scelto.

«Alla libertà di essere chi siamo, sempre, senza nessuna paura».

10

Quando io e Andrea finiamo di bere, mi sento leggermente ubriaca, la testa mi gira e sbiascico un po' le parole. Lui mi racconta di un altro episodio di bullismo di cui è stato vittima, ma che per fortuna ha avuto una conclusione positiva e sorprendente.

«Ero al primo anno di università, e un compagno di corso mi prendeva in giro dandomi pure lui del finocchio. Non si sedeva mai vicino a me, piuttosto preferiva stare in piedi se l'aula era affollata. Così, un giorno a pranzo, mi sono preparato una *lunch box* speciale: un'insalata di finocchi e acciughe, una vera prelibatezza! Sono andato da lui e gli ho detto: "Il finocchio è buonissimo e fa pure bene alla salute, ne vuoi un po'?". Lui è diventato rosso come un peperone, credo sia morto dall'imbarazzo, non si aspettava di essere preso così in contropiede».

«Andrea, ma sei un grande, hai smontato il bullo!», dico, stupita dal suo coraggio. «E poi cos'è successo?».

«Il giorno dopo è venuto da me e mi ha chiesto scusa. Ho capito che la sua era solo paura del diverso, aveva la testa zeppa di pregiudizi. Abbiamo iniziato a conoscerci e lui ha finito per ammettere che la diversità è una grande ricchezza. Ora siamo ottimi amici e adesso vuole trovarmi un altro fidanzato a tutti i costi perché non sopporta più di vedermi triste!».

«Che bella storia! Sembra un film!».

«Sì, pensavo di scriverci sopra una sceneggiatura... magari posso aiutare qualcuno che ha vissuto le mie stesse esperienze a sentirsi meno solo».

«Andrea, è un progetto bellissimo! Brindiamo al tuo futuro Oscar!».

Sollevo il bicchiere per fare un altro brindisi, ma mi accorgo che è rimasta solo una goccia di vino.

«Ordiniamone un altro!», propongo entusiasta.

«Non ci pensare nemmeno. Siamo già abbastanza brilli. Anzi, ora usciamo a fare due passi così prendiamo un po' d'aria».

«Sei proprio un guastafeste, Andrea», scherzo. Faccio una smorfia scontenta, ma quando mi alzo dalla sedia faccio fatica a stare in equilibrio, meglio fermarsi qui con l'alcol.

Usciamo e camminiamo a zonzo tra le vie del quartiere. Barcolliamo un po' e ci appoggiamo l'uno all'altra. Ridiamo per ogni cosa e sembra che ci conosciamo da sempre. Sono felice, sento di aver finalmente trovato un amico con cui poter condividere qualsiasi cosa.

A un certo punto passiamo davanti a un piccolo bar un po' kitsch da cui provengono musica e schiamazzi. Stanno facendo un karaoke.

«Maya, io adoro il karaoke, andiamo andiamo andiamo ti prego!». Andrea mi prende per mano e prova a trascinarmi dentro il bar.

«Ma non ci pensare nemmeno!», gli dico tentando di divincolarmi.

Non ho mai cantato in pubblico, e non ho di certo intenzione di farlo ora, che sono pure mezza ubriaca.

«Dài, ma di che hai paura?», mi dice lui. «Pure io sono stonato come una campana!».

«No, Andrea, stasera non me la sento, sono troppo brilla», taglio corto.

«Maya, ma è proprio quando si è ubriachi che bisogna fare il karaoke! E poi, come abbiamo detto prima, basta con la vergogna! Buttiamoci nel mondo senza paura!».

Mi guarda con due occhi speranzosi in cui scintilla un pizzico di malizia. Come faccio a dirgli di no?

Lui vede dalla mia espressione che sono sul punto di cedere, mi prende in braccio e mi porta di peso dentro il locale.

Io rido come una matta: «Tu sei pazzo, mettimi giù!», gli dico, poi quando finalmente rimetto i piedi a terra lo guardo in faccia e dico seria: «Ok, ma solo una canzone, eh, non una di più!».

Posso sempre aprire la bocca senza emettere un suono, tipo playback, e lasciar fare tutto a lui, oppure fingere un attacco di ridarella.

Andrea fa su e giù con la testa come un bambino e fa il giuramento con la mano sul cuore.
«Parola di boy scout!», dice.
«Non mi hai detto di aver fatto il boy scout», preciso io.
«Appunto, mica l'ho fatto!», ride lui. Non ho mai visto nessuno così entusiasta per il karaoke.
Per fortuna nel bar ci sono pochissimi avventori, e tutti di una certa età. Il bar ha addirittura un piccolo palco, dove una coppia di settantenni sta cantando un brano che non ho mai sentito. I due sono completamente fuori tempo ma si guardano con occhi da innamorati. È bellissimo starli a guardare.
Quando finiscono, parte un debole applauso dei pochi presenti, mentre io e Andrea urliamo «Bravissimi!!!», e facciamo fischi di approvazione.
I due vecchietti ci sorridono, poi al loro posto sale un cinquantenne metallaro con chiodo di pelle borchiato e stivaloni a punta. Sulla fronte è stempiato, ma sulla nuca ha dei lunghi capelli grigi raccolti in un codino.
Si esibisce in un pezzo heavy metal. Più che cantare, fa degli strani versi gutturali, e nei momenti strumentali finge di suonare la chitarra: si dimena sul palco, salta, corre da una parte all'altra come una vera rockstar.
A un certo punto il metallaro si scioglie il codino e comincia a far roteare pazzamente la testa a ritmo di musica.
«Ma immaginati con che cervicale si sveglierà domattina!», aggiungo trattenendo le risate.
«Maya, questo non è solo coraggio, siamo molto ma molto oltre, è puro sprezzo del pericolo e delle convenzioni sociali. 'Sto tizio lo stimo di brutto! Secondo te avrà una pagina Facebook? Voglio subito diventare suo fan! E comunque anche io voglio invecchiare così!», dice Andrea sogghignando.
«Sappi che ti taglierò quel codino mentre dormi».
«Maya! Gli amici dovrebbero accettarti per quello che sei, e non volerti cambiare!», dice lui fintamente scandalizzato.
«Ma gli amici devono pure salvarti da te stesso, se sei praticamente calvo e hai in testa una coda di topo!».
Scoppiamo a ridere senza più freni e ci guadagniamo un'occhiataccia dal metallaro, che sta concludendo il pezzo in un

ululato rauco. Dopo aver urlato fino a sputare le tonsille, ora non ha più voce.

Poi è il turno di una signora sui sessanta con la permanente floscia e un tailleur a fiori che pare timidissima e invece si mangia il palco con un'esibizione da urlo. Precisa, perfettamente a tempo, canta benissimo, concentrata come se fossimo all'Hollywood Bowl di Los Angeles anziché in questo baretto con le luci al neon che sfarfallano.

Quasi quasi le consiglio di presentarsi a un talent e mi offro di farle da manager. Potrebbe fare un duo con nonna Paola.

Mentre non mi perdo un solo vocalizzo della sua esibizione, Andrea va al bancone, sussurra qualcosa al barista e torna con due shottini di liquido verde.

«Cos'è questa roba?», gli chiedo.

«Vodka alla menta. Buttala giù che siamo i prossimi».

«Cooosa??? Ma io non sono pronta!».

«Dopo aver bevuto lo sarai. Salute!».

Beve quella roba tutta d'un fiato, lo imito. Quando deglutisco, sento un incendio scoppiarmi nello stomaco.

«Bleah, ma che schifo, Andrea! Sa di collutorio!».

«Avrai l'alito freschissimo, allora. Peccato non baciarti, stasera», mi prende in giro.

Gli tiro scherzosamente un pugno sul braccio.

Lui finge di provare un dolore immenso e mi implora teatralmente: «Prima di uccidermi, concedimi l'onore di cantare insieme la nostra prima e ultima canzone, ti scongiuro Maya, non spezzarmi il cuore!».

Si mette addirittura in ginocchio, ci guardano tutti, forse qualcuno pensa che mi stia chiedendo di sposarlo.

Smetto di ridere solo quando il pezzo finisce. Poi il gelo comincia a salirmi lungo le gambe, perché adesso tocca a noi.

Adesso tocca a me.

«Che brano hai scelto?», chiedo ad Andrea.

«Una roba da intenditori, un classico. *Halo* di Beyoncé. È una delle mie canzoni preferite».

La conosco bene, è anche una delle canzoni preferite di mia madre.

«Ma è un pezzo difficilissimo!», protesto.

«Massì, certo che un po' lo rovineremo, siamo stonatissimi, e pure ubriachi, però l'importante è divertirci. E poi questo è il pezzo che stasera ti vorrei dedicare: anche l'amicizia è una forma di amore, no?».

Annuisco, e poi non c'è più tempo per i ripensamenti perché il barista – un omone corpulento e baffuto – fa partire la base della canzone e ci dice brusco di muoverci, che mica può aspettarci tutta la sera.

Corriamo sul palco tenendoci stretti per mano.

Faccio un respiro profondo per trovare la concentrazione, e canto le prime strofe con gli occhi chiusi. È la prima volta che mi esibisco in pubblico, anche se il pubblico in questione è composto da pochi pensionati e un metallaro con evidenti problemi di calvizie.

Quando canto, *divento* musica. La paura si trasforma in sicurezza. Attorno a me non esiste più nulla, ci sono solo io che cantando danzo tra le nuvole e accendo le stelle.

Il buio diventa luce.

È un incantesimo che si compie anche stavolta.

Sento come se fossi lontana un chilometro la mano di Andrea che lascia la mia, a un certo punto mi accorgo che lui non sta più cantando insieme a me e dischiudo le palpebre, mi sta guardando con gli occhi sgranati, ma io vado avanti a cantare, la mia voce si alza nell'aria piena e limpida, poi si fa più intima e sussurrata, assecondando l'anima della canzone.

Quando il pezzo finisce, riapro gli occhi.

C'è un silenzio di tomba. Mi guardano tutti con un'espressione allucinata come se fossi un alieno. Andrea ha la bocca spalancata.

Che vergogna. Devo aver cantato malissimo. Vorrei sotterrarmi.

Poi il barista, che ha gli occhi rossi e lucidi, esplode in un "Bravissima!" e inizia ad applaudire furiosamente, seguito da tutti gli altri clienti.

Andrea si riscuote dalla sua paralisi e mi abbraccia.

«Maya, ma perché non me l'hai detto? Io pensavo fossi stonata come me, invece sei favolosa, hai una voce straordinaria, hai fatto emozionare tutti!».

Io non so cosa dire, sono imbarazzata e felice.

Il metallaro viene a complimentarsi con me, mi stringe la mano praticamente stritolandola, poi mi dice: «Io e te dovremmo fare un duetto, ragazzina! Hai un talento formidabile!».

Lo ringrazio, confusa, i vecchietti che hanno cantato prima vengono a farmi i complimenti e mi offrono un succo di frutta, lo mando giù d'un fiato per tamponare tutto l'alcol bevuto.

Poi guardo l'ora sul telefonino: è tardissimo, dobbiamo correre a casa. Prendo Andrea per mano, ci precipitiamo fuori dal locale, saltiamo sul motorino e in una manciata di minuti siamo di nuovo sotto casa mia.

È stata una serata pazzesca.

Mi tolgo il casco per restituirlo ad Andrea, gli do un bacio sulla guancia e faccio per avviarmi al portone.

Mi sembra di scorgere una sagoma nell'ombra, appostata vicino al cancello.

Mi avvicino circospetta, col sapore della paura in bocca, e poi dal buio spunta correndo il gatto dei vicini. Qualcosa lo ha spaventato, ma lui è molto pauroso, forse è stato solo un altro animaletto.

Rido da sola di me stessa e dei miei timori infondati, e sono a metà del vialetto quando Andrea mi chiama: «Maya!».

Mi volto.

«Maya, io non so quale sia il tuo sogno, ma so che cosa devi assolutamente fare: cantare. Sei nata per farlo, e diventerai una stella».

Poi si allontana rombando nella notte, lasciandomi con il cuore sul punto di esplodere dalla gioia.

11

«Ragazzi, silenzio per favore, devo fare una comunicazione importante». Il prof Rombi si schiarisce la voce e si appresta a fare il suo discorso.

È una gelida mattina di fine novembre, i vetri dell'aula sono appannati dai nostri respiri.

Qui dentro sembra di stare ai Tropici, i termosifoni funzionano a pieno regime e siamo tutti in maniche corte. L'escursione termica tra le classi e l'esterno è così alta che quando usciamo dobbiamo stare attenti a non prenderci la polmonite.

Molti di noi si sono beccati tosse e raffreddori vari, e in aula è tutto uno starnutire e un passarsi fazzoletti di carta.

Anche io ho un po' di raucedine, l'altra sera in motorino con Andrea mi sono dimenticata di mettere la sciarpa e adesso mi ritrovo la voce di un cavernicolo.

Sole dice che parlo in modo molto sexy e mi ha chiesto di mandare dei messaggi vocali ad Adam fingendo di essere lei.

Naturalmente mi sono rifiutata, e lei ha minacciato di non aiutarmi più in matematica.

Ma dato che senza di lei la mia media precipiterebbe di nuovo nell'abisso, siamo arrivate a un compromesso: le ho scritto un messaggio super romantico in un inglese perfetto, che avrebbe commosso anche un sasso.

Anzi, per essere precisi una *roccia metamorfica*, come avrebbe detto la malefica prof Castagna, che a ogni lezione si diverte sadicamente a mettermi in difficoltà con domande impossibili.

Ma Adam deve avere la struttura interna del granito, duro e impermeabile, perché ha visualizzato l'accorata dichiarazione d'amore di Sole e non ha nemmeno risposto.

Lei ci è rimasta davvero male, poi arrabbiatissima gli ha scritto: *You are a fucking asshole!* mandandolo a quel paese.

Sta facendo grandi progressi, sia in inglese sia nel chiudere questo rapporto ormai malsano.

«Come sapete, ragazzi», esordisce il prof Rombi, che oggi indossa una camicia psichedelica, «è una grande tradizione del nostro liceo organizzare uno spettacolo memorabile per la fine dell'anno scolastico. Ogni studente potrà esibirsi mostrando il proprio talento: non mettete limiti alla vostra creatività, potrete ballare, cantare, suonare, recitare, ma anche presentare un modellino in 3D di tutta la galassia... insomma, sarà uno show variegato e straordinario, con tanto di live sui social della scuola! Naturalmente non siete tutti obbligati a partecipare salendo sul palco, anche se vi invito a non avere paura e a scoprire il talento che c'è dentro ognuno di voi, potrete anche contribuire alla riuscita dell'evento rimanendo dietro le quinte come scenografi, truccatori o registi. Oppure potrete sbizzarrirvi nel food and beverage: che festa sarebbe senza nulla da mangiare?».

E si tocca la pancia, che in effetti tira un po' la camicia.

«Questo per voi è un anno importante...», continua il prof, e tutta la classe sbuffa dicendo: «Sì prof, lo sappiamo già!».

Non passa giorno senza che almeno un professore ci ricordi che quest'anno abbiamo la maturità. È una tortura psicologica: mancano ancora molti mesi, ma siamo già stressatissimi.

«Lo so che lo sapete già, ma ricordatevi che il vero saggio è colui che sa di non sapere, come diceva Socrate», scherza Rombi. «Comunque, l'impegno che metterete nello spettacolo non vi deve distogliere troppo dallo studio, d'accordo? Altrimenti vi boccio tutti!», ci minaccia scherzoso.

Io penso a un altro anno con la Castagna e mi sento male. Mi viene improvvisamente voglia di passare il weekend a ripetere a memoria la tavola periodica.

«Comunque, tornando allo spettacolo», riprende il prof, «perché sia tutto perfetto è necessario organizzarsi sin da ora. Io sarò il direttore artistico, ma mi serve un assistente. Qualche volontario?».

Silenzio in aula. Non si alza nessuna mano.

«Su, non abbiate paura... nessuno vuole darmi una mano?».

All'improvviso Sole si dimena sulla sedia.

Il prof nota quel movimento sospetto e fraintende tutto.

«Perfetto, Mariasole! Sarai tu la mia assistente!».

«Ma prof, veramente, cioè, mi è solo venuto un prurito pazzesco alla schiena... e per favore, mi chiami Sole».

«Sole, su, non essere timida! Metterò un avviso sia in bacheca che sul sito della scuola con la tua email, in modo che gli aspiranti artisti possano mandarti le loro proposte. Chissà che tra di voi non si nasconda un novello Bruce Springsteen!».

«Ma prof, cioè, io davvero, cioè veramente, mi stavo solo grattando la schiena contro lo schienale...», prova a difendersi la mia compagna di banco.

Ma la campanella suona, il prof corre in un'altra aula e Sole ormai è incastrata.

«Noooo, Maya, che palle!!! Ho zero voglia di fare l'assistente del Rompi! Quasi preferisco studiare. E poi chi diavolo sarebbe questo *Sprigstin*?».

«Dài, Sole, non prenderla così male, pensa che magari Rombi ti alza la media di mezzo punto...», provo a consolarla.

«No, Maya, è una tragedia, non puoi capire. Da quando Adam mi ha mollata, la mia vita sta andando a rotoli! Come se fossi... come se fossi su un piano inclinato, ecco!», recita con toni da melodramma.

In quel momento entra il prof Bernardi, che sente le ultime parole di Sole e la guarda con occhi da innamorato.

«Brava, bravissima Sole! Mi stai dando le più grandi soddisfazioni della mia carriera! Hai anticipato l'argomento della lezione di oggi, ovvero il moto dei corpi su un piano inclinato! Vuoi venire alla lavagna ad aiutarmi con la dimostrazione?».

Prima di alzarsi dalla sedia con un'espressione disperata, Sole mi sussurra: «Che ti avevo detto? La mia vita è una vera tragedia!».

Mentre la guardo schivare con una serie di piroette e saltelli gli sputacchi del prof Bernardi, non me la sento proprio di darle torto.

La notizia dello spettacolo si diffonde velocemente in tutta la scuola, e all'intervallo Sole viene subissata di proposte: chi vuole fare un musical, chi vuole esibirsi con la propria crew, chi vuole presentare il progetto di una app super innovativa.

Alla fine la povera Sole non sopporta più nessuno ed è costretta a chiudersi nel bagno dell'ultimo piano, usato solo dalle bidelle.

Dopo la lezione di educazione fisica ha scordato le scarpe da ginnastica nello spogliatoio e mi chiede con un messaggio WhatsApp di andare a recuperarle.

Maya, ti prego, non posso uscire dal bagno sennò tutti mi stanno addosso, me le prendi tu? Grazieeee :-)

Mi avvio velocemente in direzione della palestra, apro la porta dello spogliatoio e dentro ci trovo Clarissa, sola. È davanti allo specchio e si sta pettinando i lunghi capelli biondo miele. Non ci siamo praticamente più parlate dalla sera della festa, come se fosse arrabbiata con me.

E comunque non mi sono dimenticata che mi ha dato della gattamorta, quindi nel caso dovrei essere io quella arrabbiata.

Credo che sia il momento di chiarire questa situazione.

«Ciao Clarissa».

Lei non si volta, mi fa solo un cenno annoiato della testa attraverso lo specchio.

«Clarissa, cosa c'è che non va? Ti ho fatto qualcosa?».

Le sue labbra si sollevano in un risolino beffardo.

Quando si volta, i suoi occhi color ghiaccio mi trafiggono con la loro freddezza.

«Dovresti sapere quello che hai fatto, Maya».

Ma di cosa sta parlando?

«Clarissa, io non ti ho fatto proprio niente».

«Sentila, l'innocentina!», esplode in una risata cattiva. «Arrivi fresca fresca dalla provincia e vuoi subito farti il più figo del liceo. Sarebbe stata una bella scalata sociale, per una che arriva dal basso come te. Vuoi forse negare che alla mia festa ci hai provato con Filippo?».

«Certo che lo nego! Non ci ho mai provato con lui!».

«Non raccontarmi cazzate. Guarda che ho le prove».

La guardo confusa mentre prende il telefonino dalla tasca, ci armeggia per qualche secondo e poi lo volta verso di me.

Sullo schermo c'è una foto di me e Filippo alla festa ripresi da dietro, lui ha la testa china su di me per sussurrarmi qualcosa all'orecchio e il suo braccio destro mi cinge la vita.

Mi ricordo quell'attimo: è stato quando lui mi ha fatto quella proposta schifosa, un secondo prima che io lo allontanassi con forza.

Ma nella foto si vedono solo due persone molto vicine, che sembrano catturate in un momento di intimità.

«Clarissa, ma quella foto non dimostra niente!», mi difendo.

«Quando gliel'ho fatta vedere, Filippo mi ha detto che ci stavi provando pesantemente e che lui è stato costretto a rimetterti al tuo posto. E io gli credo. E anzi, dovresti pure ringraziarmi. Sei fortunata che non abbia fatto girare questa foto in tutta la scuola, ma sappi che mi ci vuole un secondo per sputtanarti, basta cliccare su "Condividi" e in un attimo tutti ti vedranno per quella che sei. Una facile».

Le sue parole sono piene di disprezzo, e mi fanno salire una rabbia pazzesca.

Io so qual è la verità, e nessuno può manipolarla a suo piacimento.

«E tu credi a Filippo anche dopo quello che è successo tra di voi nel bosco?».

Impallidisce di colpo. Non pensava che qualcuno avesse assistito al loro litigio.

«Non so che cosa hai visto, anzi che cosa pensi di aver visto...».

«Ho visto una ragazza innamorata di un ragazzo che la tratta malissimo e non la merita, e nonostante tutto lei continua a giustificarlo!», esplodo.

«Tu non sai niente di me, anzi di noi, di me e di Filippo», sibila.

«Io so che nessun ragazzo dovrebbe comportarsi così, mai!».

Ormai stiamo quasi urlando. Una primina apre la porta dello spogliatoio, vede le nostre facce stravolte e subito la richiude.

Deve essere corsa ad avvertire qualcuno, perché la prof di educazione fisica arriva dopo nemmeno un minuto, mentre io e Clarissa ci stiamo ancora guardando in cagnesco, nessuna delle due disposta ad abbassare lo sguardo.

«Ehi, ehi, che sta succedendo qui?», chiede.

«Niente!», diciamo in coro io e Clarissa.

«E allora se non è niente, perché avete quelle facce scure? So io come farvi sbollire la rabbia: quindici giri di corsa del campo e poi cinquanta flessioni. Vediamo quanta voglia di litigare avrete dopo».

«Ma prof, abbiamo lezione di scienze...».

«Ah, ma la professoressa Castagna è una mia cara amica, di sicuro capirà se le chiedo "in prestito" due alunne per una questione disciplinare. Avanti, vi aspetto in palestra! Su, su, scattare!».

Torno in classe a recuperare tuta e scarpe con un'espressione da funerale. La lezione è già iniziata da un paio di minuti, e quando dico alla Castagna che devo scendere in palestra lei mi guarda malissimo e sibila: «Bene Ferreri, domani ti interrogo anche sugli argomenti di oggi. Lo faccio solo per il tuo bene, non voglio che resti indietro col programma».

Questa donna al posto del cuore ha una pietra. E precisamente, come ci ha insegnato proprio lei la settimana scorsa, una tectite: un ciottolo butterato, nerastro e inquietante.

Se solo potessi dirglielo, capirebbe quanto ho studiato la sua materia e magari mi darebbe un bel sette, ma sarei pure ad altissimo rischio sospensione, perciò taccio, annuisco mogia e raggiungo Clarissa in palestra.

La prof di educazione fisica ci sottopone a un allenamento massacrante, che comprende anche una serie di esercizi agli attrezzi. Salgo con le poche forze rimaste sul quadro svedese ma poi non riesco più a scendere.

La prof è costretta a mandare Clarissa a salvarmi.

È la sua grande occasione per farmi precipitare per quattro metri, ma incredibilmente mi aiuta davvero, e non solo perché la prof ci sta tenendo d'occhio.

Forse inizia ad avere il sospetto che io le abbia detto la verità.

12

Nei giorni successivi tutta la scuola è in fibrillazione per la festa di fine anno, che sarà una specie di talent show durante il quale tutti potranno mostrare il proprio talento, artistico e non.

La posta elettronica di Sole viene invasa quotidianamente dalle proposte più assurde, e a lei spetta selezionare il materiale anche per evitare figuracce all'aspirante artista.

«Maya, non puoi capire!», mi dice una mattina al bar sorseggiando il cappuccino. Abbiamo preso l'abitudine di fare colazione insieme almeno due volte a settimana, quando alla prima ora abbiamo scienze, così entriamo in aula con un leggero buonumore datoci dai cornetti al cioccolato.

«Ieri sera mi è arrivato il video di una tipa di terza che si spaccia per la nuova Taylor Swift. Cioè, devi sentire come canta! Io sotto la doccia faccio di meglio!».

Mi mostra il video: una ragazza canta *Shake it Off* agitandosi davanti alla webcam; effettivamente non prende una nota giusta e sbaglia anche le parole.

«E un altro tizio, poi, assurdo! Si spara pose da gangsta americano, ma è uno sfigato totale!».

Mi fa vedere anche l'altro video dove un ragazzino di prima, con cappellino d'ordinanza e jeans larghissimi, si dà arie da rapper maledetto ma canta una canzone dal testo tremendo, tutto in rima amore-cuore-dolore.

«Baby baby, io ti ho dato il mio a-a-amore, ma tu mi hai spezzato il cu-cu-cuore, ora dentro di me c'è solo do-do-dolore...».

«Ma in questi casi come ti comporti?», chiedo.

«Dico che la selezione è durissima, che la preside Iena pretende l'eccellenza, che il comitato artistico purtroppo ha già dovuto accogliere richieste simili e bla bla bla... Per le proteste dico di scrivere al prof Rombi, insomma, mica posso gestirli tutti io i casi umani!».

In effetti ora che ci penso è almeno da un paio di giorni che vedo il prof Rombi attorniato da studenti con l'espressione inferocita.

Sole mi racconta poi che Clarissa e le gemelle, insieme a un'altra ragazza di quinta, si esibiranno con *Touch* delle Little Mix. Canteranno e balleranno, ovviamente Clarissa sarà la leader del gruppo e sarà lei a studiare una coreografia adatta.

Sole mi racconta che Clarissa studia canto e danza da quando è piccola, e alle feste degli anni scorsi le sue performance sono state le più applaudite.

Sono curiosa, e chiedo a Sole di farmi vedere il loro video di presentazione.

«Ma loro non ne hanno bisogno! Sono una garanzia! Dove c'è Clarissa c'è successo! Pensa che a marzo ha fatto un provino per un talent. A scuola ne parlavano tutti. Cioè, la stavano per prendere! L'anno prossimo ha detto che ci riprova, è sicura di passare».

Una fitta mi punge il cuore. Lei ha avuto il coraggio di presentarsi a un'audizione, io no.

Se non troverò mai quel coraggio, rischierò di vivere di rimpianti per sempre...

«Oh, Maya, tutto bene? Ti sei un po' annottata».

«Volevi dire incupita? No, scusa, ero solo un attimo sovrappensiero».

«Maya, se avrò la sufficienza in italiano quest'anno sarà solo merito tuo, sappilo».

«Ricordati che tu mi devi ancora spiegare le funzioni goniometriche, sennò rischio di non essere ammessa alla maturità!».

«Maya, ma come fai a non capirle? Sono supereasy!».

Prende una penna dallo zaino e comincia a tracciare strani simboli su un tovagliolino di carta.

«Oddio che confusione! Sole, lascia perdere, stamattina non mi sono ancora svegliata, me le spieghi un'altra volta!».

«Pensa che un ragazzo di quarta che è praticamente un genio ha progettato una app con brevi tutorial per spiegare agli studenti impediti come te i segreti della matematica! Presenterà tutto allo spettacolo di fine anno».

«Ma insomma, pare che tutti gli studenti ti abbiano mandato una proposta...».

«Be', praticamente sì! Manchi solo tu! Che cosa hai in mente di fare?».

Resto un attimo in silenzio.

Quando ho detto ad Andrea della festa, lui si è esaltato tantissimo e ha detto che dovrei assolutamente cantare, che non posso perdere un'occasione simile.

Ma io non so cosa fare. Passo le notti a girarmi nel letto e a pensarci.

Quella sera al karaoke è stato facile perché ero un po' ubriaca e poi con me c'era lui, mentre all'idea di essere sul palco da sola davanti a tutta la scuola... mi si paralizzano le gambe.

E se non fossi abbastanza brava? E se la voce mi andasse via sul più bello? E se prendessi una stecca? E se... e se...

Con tutti questi maledetti "e se" non andrò mai da nessuna parte! Ma perché non posso avere la sicurezza di Clarissa?

Perché io sono diversa, ecco perché. Perché mi sento goffa, impacciata, fragile, incasinata...

E quando canto mi presento al mondo con tutti i miei pregi e i miei difetti.

Forse è questo che mi spaventa tanto, quando canto sono totalmente me stessa, e ho paura di non essere capita. E di non avere abbastanza talento.

«Mmmh, ancora non so», dico a Sole. «Pensavo di occuparmi della parte food. Sai, nonna Paola mi ha insegnato a fare delle torte buonissime».

«Uh, Maya, bella idea! L'anno scorso non ci ha pensato nessuno, e abbiamo dovuto assaltare le macchinette perché avevamo troppa fame! Allora ti segno, eh».

«Dài, Sole, ora andiamo che non voglio rischiare di arrivare tardi. La Castagna già mi odia abbastanza!».

Corriamo in aula. E ogni tanto la fortuna gira anche per me, perché alla prof si è bucata una gomma della macchina e quindi non riuscirà ad arrivare in tempo per la lezione!

Che bellissima notizia.

La bidella ci avvisa che nessun docente è disponibile per stare in classe con noi e ci lascia la prima ora libera, raccomandandoci di stare tranquilli.

Ovviamente appena esce scoppia il caos.

Clarissa chiede a un paio di ragazzi di spostare tutti i banchi in fondo all'aula, loro pendono dalle sue labbra e le obbediscono subito.

Poi lei e le gemelle usano l'aula come sala prove per la loro esibizione. Manca la quarta componente e il quartetto non è completo, ma anche se la coreografia è solo accennata e le ragazze cantano in playback, capisco che questo pezzo sarà bellissimo.

Dopo la discussione in palestra con Clarissa non ho nessuna voglia di fare il tifo per lei come fanno gli altri miei compagni, e decido di andarmene ad ascoltare un po' di musica in un posto tranquillo.

Ma dove potrei rifugiarmi per starmene un po' in pace? Ci penso, e poi mi viene in mente la biblioteca. E se la preside Iena dovesse vedermi con le cuffiette nelle orecchie, le dirò che sto ascoltando un audiolibro.

Ma in biblioteca purtroppo non sono sola, incontro infatti Atena delle Disgrazie. È seduta al grande tavolo centrale, davanti a sé ha cinque volumi aperti e un bicchierino di caffè fumante.

«Ehi, ciao Maya, che ci fai qui?», mi chiede squadrandomi coi suoi occhi perennemente truccati di nero, come nero è anche il suo outfit.

Di sicuro disapprova le mie sneaker rosa.

«Ora buca. E tu?».

«Sto cercando un testo teatrale adatto allo spettacolo di fine anno. Pensavo di mettere in scena una tragedia di Shakespeare recitata in quattro lingue diverse, così da evidenziare il dramma dell'incomunicabilità. È un argomento che vorrei affrontare anche nella tesina per la maturità. Che ne dici?».

«Uhm... impegnativo», commento, neutra.

«Sì, lo so, lo so, ho avuto un'idea geniale», si loda da sola, poi beve il suo caffè in un sorso.

«Bleah, questo caffè delle macchinette fa davvero schifo.

Be', Maya, e tu cosa farai? Non mi dire che ballerai o canterai come tutti gli altri! È così... *mainstream*!».

Pronuncia "mainstream" arricciando il naso con disgusto come se si trattasse di una parolaccia.

«Probabilmente mi occuperò del food», taglio corto.

«Ah, be'... d'altronde se non hai un talento artistico come me non è colpa tua. Meglio stare nell'ombra piuttosto che essere mediocri», dice lei serafica.

Qualcosa si smuove dentro di me. È rabbia, dura e tagliente. Ma chi si crede di essere questa tizia che pare uscita da una saga horror?

E mentre lei continua a guardarmi, giro le spalle e me ne vado.

Per calmare i nervi, vado a prendere una boccata d'aria in cortile e controllo il cellulare. Ci sono dei messaggi, di Andrea e di Chiara.

Andrea mi ha mandato 43 messaggi! È un pazzo grafomane. Non fa altro che ripetermi: *Ti sei fatta avanti?*, *Dài, Maya, sei la top!*, *sei già la mia cantante prefe*, *adoro la tua voce!*, per poi concludere: *Se non canti allo spettacolo, sappi che ti cancello da Facebook e smetto di seguirti su Instagram.*

Minacce che naturalmente mi strappano un sorriso: gli spedisco tantissimi cuoricini di tutti i colori, la GIF animata di un panda che manda i baci e infine gli scrivo: *Andre, ci sto ancora pensando, dammi ancora un po' di tempo!*

Lui mi risponde: *Va bene, ma non pensarci troppo che il treno passa una volta sola!*

Di Chiara invece c'è solo un messaggio.

Ciao tesoro! Tra due sabati vengo a dormire da te, così possiamo festeggiare alla grande il tuo compleanno! Sei carica?

Oddio, il mio compleanno! Sto per compiere diciotto anni, e l'avevo completamente rimosso. Questa cosa dello spettacolo di fine anno mi sta davvero mandando fuori di testa.

13

Siamo nel salone addobbato a festa. La mamma ha insistito per appendere qualche decorazione alle pareti, dice che i diciotto anni si compiono una volta sola.

Io non ero d'accordo, mi sembrava una cosa un po' infantile, ma mia madre quando ci si mette è una testa dura. Ecco da chi ho preso.

Sul tavolino c'è un bellissimo mazzo di rose recapitatomi due ore fa.

Il misterioso ammiratore ha colpito ancora. Stavolta il bouquet non era accompagnato da nessun bigliettino, ma il ragazzo delle consegne ha detto che era per me.

Ho tentato di fargli delle domande per capire chi avesse fatto l'ordine al fioraio, ma purtroppo non era stato lui a prendere la telefonata e non è stato in grado di fornirmi nessun indizio sull'identità del mio ammiratore segreto.

Forse a mandarmi le rose è stato un mio compagno di classe, forse Marco, il genio della matematica... da qualche giorno ho notato che si gira spesso durante le lezioni e mi lancia qualche occhiata.

Però non ho nessuna certezza che questo regalo venga da lui, e continuare a ricevere delle rose senza sapere chi me le mandi inizia a inquietarmi un pochino.

Ma forse è solo colpa delle serie tv crime che guarda la mamma: lei vede potenziali serial killer ovunque, e di certo mi sta contagiando!

Decido di non preoccuparmi, soprattutto perché in questo momento sono circondata dalle persone che amo di più: mamma, Agnese, nonna Paola, che stanotte si fermerà a dormire da noi, Chiara, che dividerà il letto con me, Andrea e Sole.

È strano vedere riuniti alla stessa tavola tutti i miei mondi:

la mia famiglia, Chiara che è la mia migliore amica da sempre, Andrea che in pochissimo tempo è diventato un grande amico, e infine Sole, che con tutte le sue stranezze e le sue sciagure sentimentali alla fine si sta rivelando la migliore compagna di banco che potessi desiderare.

Oggi pomeriggio ho anche parlato con mio padre su Skype, che si è incredibilmente ricordato del mio compleanno.

È stata una chiacchierata abbastanza serena: mi ha fatto gli auguri e mi ha chiesto un po' di me, e quando gli ho detto che la mia media in matematica ormai si era stabilita sul sette – ho gonfiato un po' i numeri – mi ha detto che era molto orgoglioso di me.

È stata una piccola consolazione, ma per oggi me la sono fatta bastare.

Fortunatamente non mi ha fatto domande sull'università, perché stavolta non sarei riuscita a mentire in maniera credibile, e mi ha promesso che ci saremmo risentiti molto presto.

La nonna è arrivata stamattina e ha subito preso il comando della cucina: la mamma non ha proprio ereditato il suo talento ai fornelli.

Nonna Paola ha cucinato per un esercito di venti persone, in tavola ci sono: involtini di melanzane, vitello tonnato, mini sfoglie di erbette e ricotta di montagna. È questo è solo l'antipasto: poi ci aspetta la pasta al forno, piatto forte della nonna, seguita dallo spezzatino con polenta, seguito dal polletto ruspante con contorno di patate al forno e per finire, una super torta al cioccolato. Più tardi, io, Chiara, Andrea e Sole abbiamo in programma di andare a bere qualcosa, sempre se arriviamo vivi alla fine della cena.

Niente discoteche o posti affollati, che non mi fanno sentire a mio agio: ho prenotato un tavolo in un locale qui vicino, dove fanno degli ottimi cocktail alla frutta.

«A Maya! Tanti auguri amore mio!», dice mia madre alzando il bicchiere per brindare.

Visto che è un'occasione speciale, ha stappato una bottiglia di prosecco per accompagnare gli antipasti.

«Buon compleanno, Maya», dice Sole. «In mate sei una capra, però sei una compagna di banco top!».

Poi è il turno di Andrea, che mi guarda ispirato e dice: «A

Maya, che è un'amica speciale e soprattutto la mia can...».

Gli tiro un calcio sotto il tavolo.

«Soprattutto la mia... la mia canaglia preferita!», conclude, paonazzo.

La nonna lo guarda storto.

«Ma che brindisi è?».

Intervengo io a salvare la situazione: «Sì, sì, nonna, "canaglia" è un'espressione che usiamo noi giovani per indicare una persona super simpatica, che ci piace molto!».

Chiara e Sole mi guardano perplesse, ma per fortuna non commentano e si buttano sul cibo.

«Ah, ho capito tutto», fa la nonna.

Oddio, cos'ha capito? Che Andrea stava per dire "cantante"? Il mio segreto sta per essere rivelato davanti a tutti...

«A me potete anche dirlo. Sono vecchia, sì, ma non sono mica rimbambita!».

«Nonna, ma dirti cosa?», chiedo con il cuore che batte forte e un sudore freddo che mi bagna la schiena.

«Che voi due non siete soltanto amici! Siete fidanzati!».

«Mamma! Non essere indiscreta!», si scandalizza mia madre.

«Andrea e Maya fidanzati! Andrea e Maya fidanzati!!!», comincia a urlare mia sorella, poi si alza dalla sedia e inizia a correre per tutta la casa.

Ok, questa famiglia è una gabbia di matti.

«Ma no!», dico io nell'imbarazzo più totale.

Andrea non mi è di nessun aiuto perché sta ridendo come un pazzo.

«No, nonna», continuo, «io e Andrea non siamo fidanzati».

«Peccato, sareste una bellissima coppia!», fa la nonna un po' delusa. Ma poi un lampo di malizia le illumina lo sguardo: «E... non c'è nemmeno speranza per il futuro?».

«Mamma, insomma, ma sei proprio un'impicciona!», dice mia madre.

Ormai rido anche io.

«No, signora, Maya e io saremo sempre ottimi amici ma non ci fidanzeremo mai», dice Andrea, ancora ridendo.

«Ah... e perché? È evidente che vi volete molto bene!», insiste la nonna.

«Perché... perché io sono gay, signora Paola», dice Andrea, di colpo serio. «Perdonatemi se ve lo dico così brutalmente, ma mi sono nascosto per gran parte della mia vita, e ora non ho più intenzione di farlo».

C'è un attimo di silenzio. Alla mamma avevo già parlato di Andrea, mentre non so che reazione aspettarmi dalla nonna.

Vedo che gli occhi le si fanno lucidi. Poi allunga la mano sul tavolo e stringe quella di Andrea.

«Scusami tu, Andrea, non volevo metterti in imbarazzo. Sei stato molto coraggioso a dirlo, e se fossi tua nonna sarei fiera di avere un nipote come te».

C'è un momento di commozione generale che viene però interrotto dall'arrivo di sua maestà la lasagna. Tutti ne mangiamo una porzione più che generosa, chiacchierando del più e del meno.

Chiara ci fa morire dal ridere raccontandoci aneddoti sui clienti del bar, mentre Sole parla delle sue disavventure sentimentali con Adam.

La nonna si improvvisa grande esperta di problemi di cuore e dispensa i suoi saggi consigli: «Cara, chi non ti ama non ti merita. Non perdere tempo con chi non ti vuole e impara anzitutto ad amare te stessa».

«Bella frase! Questa la twitto subito!».

Poi si fa una Instagram story insieme alla nonna e aggiorna gli altri suoi profili social.

Arrivati al pollo con le patatine stiamo già scoppiando, abbiamo quasi le allucinazioni per la quantità di cibo ingurgitato.

Poi la mamma dice di dover fare una telefonata e va in cucina.

Le luci si spengono.

«Oddio, c'è un black out», urla Sole. «Chiamate un elettricista, i pompieri!», si agita.

Ma dopo un attimo la mamma torna in sala reggendo la torta. Al centro c'è una candelina. Tutti applaudono e si mettono a cantare «Tanti auguri a te».

Mi si riempiono gli occhi di lacrime.

Esprimo il mio desiderio. Finalmente ho il coraggio di ammetterlo a me stessa: «Voglio diventare una cantante».

Poi prendo un bel respiro e soffio per spegnere la candelina.

Ancora applausi, poi è tutto un passarsi fette di torta e commentare con la bocca piena: «È buonissima», «Non ho mai mangiato nulla di così delizioso», «Signora Paola, deve insegnarmi a cucinare, la prego!».

Finita la cena, io e i ragazzi ci prepariamo per uscire.

«Maya, va bene che sei diventata maggiorenne, però non fate troppo tardi, ok?», si raccomanda mia madre.

Io glielo prometto e la bacio sulla guancia per ringraziarla della bellissima cena. Poi lei, la nonna e Agnese si mettono comode sul divano a guardare un film, scommetto che tra dieci minuti staranno già dormendo.

Io e i miei amici ci stipiamo in ascensore e decidiamo di raggiungere il locale a piedi per smaltire la cena.

«Oddio, Maya, ho mangiato così tanto che potrei non toccare più cibo fino a Ferragosto dell'anno prossimo! Mi si sta per staccare il bottone dei jeans», dice Andrea.

«Ma la tua famiglia è super top! Tua nonna, poi! Una grande!», commenta Sole.

Chiara è silenziosa e si guarda intorno un po' spaesata: non è abituata alla grande città.

È una nottata bellissima: il freddo punge, ma il cielo è sgombro dalle nuvole e si riesce persino a vedere qualche stella.

In pochi minuti arriviamo al locale e ci accomodiamo al nostro tavolo.

Per un secondo provo a vedermi da fuori: sono una ragazza che sta festeggiando i suoi diciotto anni insieme ai suoi amici.

Finalmente non mi sento più così diversa dal resto del mondo.

Il cameriere arriva a prendere le ordinazioni: prendiamo tutti e quattro dei cocktail coloratissimi alla frutta dai nomi esotici.

Appena arrivano i drink, facciamo l'ennesimo brindisi della serata e ci mettiamo a chiacchierare.

Il cellulare di Sole non smette di trillare, continuano ad arrivarle centinaia di email.

«Oh, ma questi sono pazzi! Pure di sabato sera mi devono stressare, ma non hanno qualcosa di meglio da fare?».

«Chi ti stressa?», chiede Andrea incuriosito.

«Gli aspiranti artisti del liceo! Mi mandano i loro provini

per lo spettacolo di fine anno. No, Andrea, non puoi capire, alcuni sono davvero assurdi!».

«Tipo?», domanda ancora Andrea.

«Tipo che uno ieri mi ha mandato un video in cui recitava tutto l'*Armando furioso* vestito da cavaliere medievale!».

«L'*Orlando furioso*, non Armando», puntualizzo io.

«Massì, sì, quella roba in ottave che ha scritto l'Arrosto».

«Ariosto», dice Chiara, divertita dagli strafalcioni della mia compagna di banco.

«Ehi, ragazze, mi sono persa qualche passaggio? Ma questa è una festa di compleanno o una lezione di italiano? Mollatemi! Comunque, Andrea, il tizio era una palla mortale! Ovviamente l'ho dovuto rimbalzare, nonostante mi abbia fatto un po' pena. Gli ho consigliato però di fare due chiacchiere con le Disgrazie, magari potrebbero fargli fare la comparsa nella loro esibizione».

«Hanno poi scelto che cosa mettere in scena?», chiedo.

«Aspetta che recupero l'email di Atena... ecco, faranno *Le allegre comari di windsurf*!».

«*Le allegre comari di Windsor*, semmai...», ride Chiara sottovoce.

«Le Disgrazie dovranno fingere di essere allegre?! Le voglio proprio vedere!», commento io facendo sghignazzare tutti.

«E tu, Maya, hai deciso cosa farai alla fine?», mi provoca Andrea.

Risucchio velocemente con la cannuccia tutto il cocktail.

«Andrea, lo sai che mi occuperò del food, te l'ho già detto mille volte!».

«Sì, ma sai com'è», mi dice lui con un sorrisetto. «Nella vita si può sempre cambiare idea, soprattutto se uno ha un talento che è un vero peccato tenere nascosto...».

«Maya, c'è qualcosa che non mi hai detto?», chiede Chiara.

«Ma certo che no!», dico con fermezza. Poi guardo malissimo Andrea, che però fa finta di niente e chiama il cameriere per ordinare qualcos'altro.

Il discorso per fortuna cade, e ci mettiamo a parlare degli ultimi gossip scolastici.

«Avete sentito della nuova tipa di Filippo? È una dell'università, una fashion blogger che ha quasi un milione di follower su Instagram! Cacchio, io ne ho solo duemila...», dice Sole.

«Non si sarà ancora resa conto che il suo ragazzo è sì super bono, ma anche super stronzo», fa Chiara, a cui ho raccontato quello che è accaduto al party di Clarissa.

«Se sapesse come tratta le ragazze, lo mollerebbe subito», dico io.

«E però Filippo continua a tampinare pure Clarissa, ho origliato una conversazione delle gemelle... sostiene che si è messo con un'altra solo per farla ingelosire, perché ora è lei a non essere più convinta della loro storia», aggiunge Sole. «E la capisco! Se mi capitasse uno così, alla prima parola brutta lo mollerei, altroché».

«Sì, anche se ami un ragazzo non devi giustificare mai un atteggiamento aggressivo. L'amore è fiducia e rispetto. E anche quando ci si lascia, il rispetto deve esserci sempre», dice Chiara, guardandomi con intensità.

Io distolgo gli occhi.

«Oh be', io però non è che Adam lo rispetti un granché. Mi ha spezzato il cuore. Vorrei tornare a Londra solo per dirglielo in faccia... e poi per consolarmi potrei andare a fare shopping selvaggio ai mercatini di Portobello, che figata!».

«Se hai bisogno di una spalla su cui piangere ti accompagno io!», dice Andrea, che adora Londra.

In quel momento il cellulare di Chiara, appoggiato sul tavolo accanto al mio bicchiere, si illumina e vibra di notifiche ricevute. Gli getto un'occhiata distratta mentre continua a vibrare, ma prima che Chiara lo prenda intravedo sullo schermo la tendina dell'ultima notifica di WhatsApp.

Un gelo improvviso mi avvolge.

Riesco a leggere il nome nell'anteprima del messaggio. È lui, Alex.

«Maya, tutto ok?», chiede Andrea. La sua voce sembra provenire da lontanissimo.

Io mi volto verso Chiara, ho l'impressione di muovermi al rallentatore.

«Maya, ma che hai? Non ti senti bene? Hai una faccia che fa paura!».

«Forse non ha digerito la lasagna», dice Sole distratta, rispondendo all'ennesima email. «In effetti pure io ho un po' di mappazza...». Poi nota la mia espressione sconvolta e si zittisce.

«Chiara, pensavo fossi mia amica», sussurro.

«Maya, cosa stai dicendo? Certo che lo sono!», balbetta.

Le strappo il cellulare dalla mano e glielo agito davanti alla faccia.

«E allora mi spieghi perché *lui* ti sta scrivendo proprio stasera? Che strana coincidenza, no?», dico freddissima.

Chiara non dice nulla. Quel silenzio racconta tutto.

Voglio andare via da qui, via, il più lontano possibile da lei.

La mia migliore amica mi ha tradita.

Sole e Andrea non ci stanno capendo niente: «Ehi, aspettate un attimo, chi sarebbe questo *lui*?».

Io non ho più voglia di parlare, non ho più voglia di niente.

Mi sento svuotata.

14

Prendo la borsa e la giacca appoggiate allo schienale della sedia, e scappo fuori dal locale.

L'aria gelida mi punge le guance ma non asciuga le mie lacrime.

Corro, corro fino a quando non ho più aria nei polmoni.

Mi lascio cadere esausta sul gradino di un negozio e appoggio la schiena alla serranda.

Alzo lo sguardo: le stelle che prima mi erano apparse così belle ora mi sembrano fredde, indifferenti al mio dolore.

Appoggio la testa sulle ginocchia e piango. Dopo un tempo indefinito, sento qualcuno che mi accarezza i capelli.

Quando alzo lo sguardo, incontro gli occhi di Chiara.

«Maya, ti prego, ascoltami».

«No, vattene, lasciami stare. Io e te non abbiamo più niente da dirci!».

«Ma lasciami spiegare! Non me ne andrò da qui finché non mi avrai ascoltata».

«No, vattene. Sennò me ne vado io».

«Maya, per favore ascoltami!».

Non ho la forza di alzarmi e andarmene, così sono costretta a lasciarla parlare.

«Eravamo tutti in classe insieme fino a pochi mesi fa, lo sai che Alex ha il mio numero di telefono...».

«Non voglio più sentire quel nome! E tu dovresti saperlo», le urlo in faccia.

Scoppio di nuovo in singhiozzi.

«Maya, per favore, lo so che ti fa male, ma ti devo spiegare. Ti prego, ti prego, ascoltami. Alex si è ricordato che oggi è il tuo compleanno, e non vedendomi lavorare al bar probabilmente ha immaginato che io e te fossimo insieme a festeggiare.

Stasera mi ha inviato un po' di messaggi per sapere come stavi, mi ha chiesto di farti gli auguri e di dirti che ti pensa sempre... io ovviamente non gli ho mai risposto, ma lui sta continuando a scrivermi...».

«Avresti comunque potuto dirmelo subito appena sei arrivata», ribatto, gelida.

«Maya, è il tuo compleanno, non volevo rovinare questa serata...».

«Dovevi dirmelo! Tu dovresti essere la mia migliore amica!», le urlo all'improvviso. «Ma è chiaro che ho sbagliato a fidarmi di te», concludo amara.

«Maya, mi dispiace! Forse ho fatto male a nasconderti tutto, ma l'ho fatto solo per proteggerti...».

«Non sono una bambina, Chiara! Sono benissimo in grado di proteggermi da sola. Avresti dovuto semplicemente dirmi la verità, non ci sono scuse. E io non voglio più avere niente a che fare con te».

Mi alzo e faccio per allontanarmi da lei.

«Maya, ti prego, perdonami... Non te l'ho detto solo perché non volevo mandarti in paranoia, già non stai passando un momento facile, hai cambiato città e scuola, c'è pure tuo padre che ti sta addosso per l'università... io non ho mai voluto ferirti, mai!».

E scoppia a piangere. In quelle lacrime c'è tutta la sincerità di un'amica. Una vera amica.

Di colpo mi rendo conto di essere un'egoista, una maledetta egoista. È ingiusto che io mi arrabbi con lei, se Chiara non mi ha detto nulla è stato solo per farmi stare tranquilla. Per proteggermi, appunto.

E anche se ora non sono più fragile come una volta e so proteggermi da sola, avrò sempre bisogno dei miei amici, soprattutto di Chiara.

Mi è stata accanto in tutti i momenti della mia vita, ha gioito con me quando ero felice e ha asciugato le mie lacrime quando stavo male.

Non posso immaginare il mio futuro senza di lei.

Mi avvicino e la abbraccio.

«Chiara, ti prego ti prego ti prego non piangere più. Tu hai sbagliato a non dirmelo e io ho sbagliato a reagire così. Siamo pari. Per favore perdonami».

Lei mi guarda e cerca di sorridere.

«Comunque quando rivedo Alex al bar, gli metto il lassativo nel cappuccino, sappilo».

Scoppiamo a ridere e ci abbracciamo ancora, strettissime. Sento il profumo dei suoi capelli. È quello di sempre, è odore di casa.

Dopo una breve consultazione decidiamo di tornare al locale. In fondo, non è ancora mezzanotte e il mio compleanno ufficialmente non è ancora finito.

Torniamo al locale tenendoci per mano, e quando rientriamo troviamo Andrea e Sole immersi in una discussione sulla moda di quest'inverno.

«Cioè, Andrea, a me il patchwork fa proprio schifo! Mi pare di avere addosso una coperta, poi la srotolo e ci faccio un picnic», dice Sole infervorata, agitando il suo cocktail ormai finito.

«A me però piace un sacco il ritorno del fluo in omaggio agli anni Ottanta, mi sarebbe piaciuto vivere in quegli anni...».

«Ma sei pazzo?! Manco esistevano i cellulari, come faceva la gente senza WhatsApp?».

«Ehi, bentornate ragazze!», dice Andrea accorgendosi di noi. Si alza e dà a entrambe un bacio sulla guancia. «Avete finito di fare le *drama queens*?».

«Sì, abbiamo finito, giuro», ride Chiara.

Ci riaccomodiamo al tavolo.

Poi Andrea mi guarda serio e mi dice: «Maya, se vuoi raccontarci di questo misterioso *lui* che ti ha scritto stasera io e Sole siamo qui per ascoltarti. Gli amici servono a questo. Se invece non te la senti, quando sarai pronta noi ci saremo».

Guardo Chiara, lei annuisce.

È troppo tempo che mi porto dentro questo peso, me ne voglio liberare.

«*Lui* si... si chiama Alex», dico tutto d'un fiato. Quelle poche volte negli ultimi mesi che ne ho parlato con Chiara, entrambe ci riferivamo a lui come all'Innominabile.

Adesso è strano pronunciare il suo nome.

«Io e Alex ci conosciamo da quando eravamo ragazzini», proseguo, «eravamo a scuola insieme alle medie e al liceo. Credo di essermi innamorata di lui appena l'ho visto, era così intrigante e carismatico! Quando ha iniziato a interessarsi a me, non ci potevo credere, mi sentivo la ragazza più fortunata del mondo. Ci siamo messi insieme in seconda liceo, e all'inizio mi sembrava di vivere un sogno, eravamo super innamorati! Ma poi il sogno piano piano si è trasformato in un incubo...».

«In che senso?», chiede Sole.

«Perché Alex ha iniziato a diventare troppo possessivo e geloso. Una volta gli confessai di voler fare una vacanza studio all'estero per migliorare il mio inglese e lui mi disse che non ci dovevo nemmeno pensare, che non potevo allontanarmi da lui. Pensavo che scherzasse, ma invece era serio. Ogni volta che uscivo con le amiche sentivo in lui una rabbia che mi spaventava, voleva che mi vedessi solo con lui. Ho perso molte amiche in quel periodo, ma per fortuna Chiara è sempre rimasta al mio fianco».

Prendo la mano della mia amica e la stringo forte, poi continuo.

«Alex mi trattava come un oggetto di sua proprietà. Ma io non sono una cosa, sono una persona, e ho sempre pensato che l'amore significasse sentirmi libera accanto a qualcuno. E invece mi sentivo soffocata ogni giorno di più... gliene ho parlato tante volte, sperando che cambiasse, dandogli continue rassicurazioni sul mio amore, e invece niente».

«E poi cos'è accaduto?», chiede Andrea.

«La situazione è peggiorata sempre di più, litigavamo di continuo, lui era sempre più geloso, mi controllava il cellulare, e una volta che un mio compagno di classe mi ha scritto per una cosa di scuola Alex ha pensato che lo stessi tradendo. È stata la prima volta che...». Deglutisco, devo trovare il coraggio di raccontare tutto.

«È stata la prima volta che mi ha tirato uno schiaffo».

«Ma perché non l'hai lasciato?».

«Volevo farlo, ma lui mi ha chiesto subito scusa e ha fatto di tutto per farsi perdonare. E io ho deciso di dargli una seconda possibilità. Solo che da quel momento gli episodi di violenza si sono ripetuti... ma ogni volta Alex mi domandava perdono, mi copriva di attenzioni, mi diceva che mi amava troppo e aveva solo paura di perdermi. Non avevo la forza di lasciarlo, era come se fossi entrata in un tunnel senza uscita... ero spenta, raccontavo bugie a tutti, innanzitutto a me stessa, per giustificarlo, me ne stavo andando alla deriva».

«Oddio, Maya, ma è terribile...», dice Andrea con gli occhi lucidi.

«E poi un giorno, quando ho saputo che ci saremmo trasferite a Milano, ho intravisto una via d'uscita. In qualche modo ho trovato la forza per chiudere la nostra storia. E lui è impazzito, ha cercato di farmi cambiare idea in ogni modo. Quando non ci vedevamo a scuola mi mandava messaggi in continuazione, ho dovuto cambiare numero di cellulare. Per fortuna mia madre non si è mai accorta di nulla, doveva organizzare il trasloco... insomma, che bel campionario di sfighe, eh?». I miei amici mi circondano le spalle con le braccia per darmi forza.

«Poi una sera che ero uscita con Chiara, a giugno, l'ho trovato ad aspettarmi sotto casa. Credeva che fossi uscita con un altro, mi urlava addosso cose orribili, e a un certo punto mi ha tirato uno schiaffo fortissimo. Ho avuto paura e ho iniziato a gridare, lui è scappato. Mi ha fatto male, mi è venuto un livido sotto l'occhio. Alla mamma ho detto che io e Chiara eravamo cadute dalla bicicletta, ma quella sera ho promesso a me stessa che quella sarebbe stata l'ultima volta che avrei mentito per coprire Alex. Da quel giorno non ho più voluto vederlo né sentirlo. Per fortuna la scuola era praticamente finita. Poi sono venuta a Milano, ed eccomi qui».

Ho la bocca secca, mi sembra di aver parlato senza prendere fiato, in apnea. Ma ora sono molto più leggera.

«Maya, che brutta storia, mi dispiace così tanto», dice Sole stringendomi a sé. «Io non sono tanto brava con le parole, l'avrai capito, però se qualcuno si permette di trattarti male ancora una volta lo stendo con un cazzotto! Guai a chi ti tocca!».

«Grazie, Sole, sei un'amica, davvero», dico. «Ma ora sono più forte anche grazie a tutti voi, quindi sono in grado di difendermi da sola».

«Ma ricordati sempre che non sei sola», dice Andrea. «Potrai sempre contare su di noi».

«E io ho intenzione di rimanere la tua migliore amica finché morte non ci separi, sappilo», dice Chiara.

«Dài, Maya, mancano dieci minuti alla mezzanotte, è ancora il tuo compleanno, ordiniamo l'ultimo giro!», propone Andrea.

«Ma se è tutta la sera che stiamo festeggiando!», protesto io. Però accetto, stavolta ho in mente un brindisi speciale.

Quando arrivano i nostri drink sollevo il mio bicchiere, guardo i miei amici negli occhi uno a uno e dico: «All'amicizia!».

«*Best friends forever!*», rispondono gli altri, facendo tintinnare i loro bicchieri contro il mio.

15

Questa settimana non passa più. I professori ci martellano con compiti in classe e interrogazioni, e persino Sole ha un cedimento in matematica: prende un misero sei e mezzo, un *epic fail* rispetto alla media dell'otto a cui ormai era abituata. Il prof Bernardi però non smette di spronarla a dare il meglio: «Sole, nel buio dell'ignoranza di questa classe tu sei davvero il mio unico raggio di sole!», le dice tutte le volte, cercando di essere poetico.

Lei gli fa un sorriso finto e poi commenta sottovoce: «Oddio, che smielato, aiuto, ma non ce l'ha una vita?».

In qualche modo riesco a sopravvivere fino a sabato senza prendere nemmeno un'insufficienza, e il mio unico desiderio è passare il weekend a riposarmi, e a buttare giù qualche strofa per una nuova canzone che ho in testa da giorni.

Ma Sole non è del mio stesso parere.

«Maya, cosa facciamo questo weekend?», mi chiede.

«*Tu*, Sole, puoi fare quello che vuoi. Io ho intenzione di starmene a casa a rilassarmi, dopo questi giorni infernali».

«Maya, ogni tanto mi sembri davvero mia nonna! Lo sai che la vita fugge e non s'arresta un'ora?».

«Oddio, Sole, hai quasi citato Petrarca! Stai bene? Hai la febbre? Chiamate un dottore!», scherzo.

«Dài, piantala», dice lei ridendo. «Comunque, 'sta frase l'ho letta stamattina su una pubblicità di orologi, mica sapevo che fosse di Petrarca, di lui so solo quella roba sulle acque, chiare, fresche, dolci... pure quella sembra una pubblicità, non credi? Altro che poeta laureato, Petrarca doveva fare il copywriter per un'agenzia pubblicitaria!».

Faccio diplomaticamente finta di non sentire.

«Va be', quindi?», mi chiede poi Sole con aria innocente.

«Quindi che?».

«Cosa facciamo questo weekend? Di certo non ti lascio stare a casa a fare la muffa!».

Sbuffo. «E va bene, però niente di impegnativo, ok?».

«D'accordo, nonnina», dice Sole schioccandomi un bacio sulla guancia. «Ora faccio una chat pure con Andrea così vediamo che fare».

Si mette ad armeggiare col cellulare, e dopo un secondo mi arriva la notifica della chat, che si chiama *Crazy Sunday*. L'immagine che ha scelto è quella di una mummia egiziana.

«Quella sei tu, Maya. Ma io e Andrea ti faremo tornare giovane, vedrai».

Faccio per tirarle il telefono addosso, lei scoppia a ridere e alza le mani per difendersi.

«Uh, per avere novant'anni sei ancora molto reattiva, amica mia!», esclama, dopo di che scoppio a ridere anche io.

Finalmente arriva sabato sera, e Andrea ci propone di andare a un festival di musica: si esibiranno band emergenti e diversi artisti, tra cui un suo amico dell'università.

Sole ci passa a prendere e a passo di lumaca raggiungiamo il posto: naturalmente il concerto è già iniziato. Per fortuna l'amico di Andrea si esibisce tardi, altrimenti ce lo saremmo perso.

Il locale è pieno di gente, tanto che per avvicinarmi al bancone devo farmi largo quasi a gomitate. Il pubblico è variegato: ci sono punk coi capelli ossigenati e mezzi rasati, ragazze neo-hippy con gonnellone e grandi orecchini a cerchio, goth vestiti tutti di nero, hipoppari.

«Cosa vuoi da bere?», urlo ad Andrea, separato da me da una colonna di ragazzi.

«Una birra, grazie!», urla lui di rimando, per poi essere di nuovo inghiottito dalla folla.

Sono già venti minuti che abbiamo perso di vista Sole, ma non ce ne preoccupiamo: se la starà cavando benissimo da sola.

E infatti, dopo che mi divincolo dalla ressa reggendo faticosamente la birra di Andrea e la mia, ed è un miracolo se non le faccio cadere, eccola arrivare verso di me.

E non è da sola.

«Maya, ciaoooo! Lui è Rick Rich!».

«Bella, sister!», mi dice il tipo, che è completamente coperto di tatuaggi e ha un'aria truce. Quando mi sorride, vedo uno scintillio strano tra le sue labbra. Deve avere i denti d'oro come un vero "trap king".

«Rick è uno degli artisti di stasera e tra poco salirà sul palco, che emozione!», cinguetta Sole.

«Sì sono bello pronto, stasera vi presento il conto, skrrt, skrrt», rappa lui.

Gli auguriamo in bocca al lupo, poi lo guardiamo perdersi tra la folla.

«Maya! Hai visto quanto è bello? Io già lo amo!», dice Sole con gli occhi a forma di cuore.

«Be' sì, sotto tutti quei tatuaggi deve essere molto carino», scherzo io.

«Appena mi sono presentata lui mi ha detto: "Bella, ho più inchiostro che anima", non lo trovi super romantico?».

«Oddio in effetti non tantissimo...».

L'arrivo di Andrea mi salva dall'imbarazzo.

«Andrea, ma dove ti eri cacciato?», chiedo preoccupata. «Eccoti la tua birra».

«Grazie, Maya».

«Sei riuscito a trovare il tuo amico?».

«L'ho intravisto ma non sono riuscito a raggiungerlo, era circondato da gente. Tento di ribeccarlo dopo».

In questo momento sul palco si sta esibendo un rapper, ma l'emozione gli gioca un brutto scherzo perché a un certo punto si blocca e non sa più come proseguire, forse deve essersi dimenticato le parole.

Balbetta e suda copiosamente mentre il pubblico protesta, fino a quando è costretto ad abbandonare il palco tra i fischi.

Scende i gradini di fretta, sull'ultimo inciampa e finisce praticamente addosso a Sole.

«Ehi, sta' un po' attento!», protesta lei.

«Oh, mica l'ho fatto apposta», dice lui in tono arrogante. Poi si toglie gli occhiali scuri e la squadra da capo a piedi: «Ehi, ma ci conosciamo?».

«Non credo proprio», dice lei dura.

«Massì, tu sei Sole della sezione A. Io ero nella B, alle medie eravamo insieme, non ti ricordi? Come sei cambiata. Sei diventata... bellissima. Che ne dici di bere qualcosa insieme?».

«Ah, ora mi ricordo. Tu eri quello stronzo che mi prendeva sempre in giro. Be', sono contenta di aver assistito al tuo grande successo, il mio cuginetto di sei anni è più bravo di te a rappare. E non berrei qualcosa con te nemmeno se stessi morendo di sete nel deserto», lo gela lei.

Lui impallidisce, bofonchia qualcosa di incomprensibile e sparisce in mezzo alla folla.

«Sole, tutto bene?», le chiedo. «Che è successo?».

«È successo che ogni tanto nella vita c'è giustizia. Quel rapper fallito che ha fatto quell'*epic fail* sul palco alle medie mi prendeva in giro perché ero... be', un po' cicciottella».

«Oddio, Sole, non me lo hai mai detto!». E non lo avrei mai immaginato.

«Sì, mi sono vergognata per anni del mio corpo, anche grazie a quello stronzo che mi ha fatto passare anni d'inferno...».

«Sole, ti capisco benissimo! Anche io ero cicciottella, pensa che le mie compagne di classe mi chiamavano Maya-lina! E poi, il fatto che mi vestissi tutti i giorni di rosa, che è sempre stato il mio colore preferito, di certo non aiutava...».

Ora riesco persino a scherzarci sopra, ma ho passato momenti duri.

«Maya, mi dispiace! A quell'età già è tutto un casino, se poi ci si mettono pure i bulli a rovinarti la vita è un disastro... Comunque, vedere quanto è diventato sfigato il mio bullo, lui che si credeva così figo, mi ripaga almeno un po' della sofferenza di quegli anni. E anche se nel nostro liceo la situazione mi sembra tranquilla, si dovrebbe parlare di più di bullismo».

«Perché non ci fai la tesina della maturità? Dopotutto non hai ancora scelto un argomento...», le propongo.

«Maya, sei un genio!», mi dice. «È un'ottima idea! Non è che mi dai una mano? Sennò da sola rischio di sbagliare i congiuntivi!».

«Affare fatto, amica!», le dico facendo un piccolo brindisi coi nostri bicchieri di plastica.

Mentre sorseggio la birra e mi guardo intorno, sul palco sale un ragazzo che presenta il prossimo artista, Kid Sour.

«Eccolo, è lui, è Simone!», mi dice raggiante Andrea, che si è perso l'incontro con il bullo di Sole perché stava salutando degli amici.

La luce del palco illumina un ragazzo dai capelli cortissimi e i lineamenti regolari che imbraccia una chitarra. Dei bellissimi tatuaggi gli sbucano da sotto le maniche della maglietta nera.

Appena pizzica le corde dello strumento, il pubblico esplode in un boato e, quando inizia a cantare, tutti cantano insieme a lui.

È un momento davvero emozionante. La sua voce graffiata, così particolare e dal timbro unico, trasporta tutti in un altro universo.

«Ma non sapevo che il tuo amico fosse già così famoso!», dico ad Andrea.

Una ragazza davanti a me si gira, mi guarda malissimo e mi fa «Ssssh!» con l'indice davanti alla bocca.

Alzo le mani in segno di scusa, e Andrea si avvicina al mio orecchio per bisbigliare: «Ha fatto una gavetta di anni, e con gli ultimi pezzi sta spaccando, ha fatto il botto di visualizzazioni su YouTube!».

«In effetti questa canzone è bellissima... è praticamente una poesia», dico ammirata.

«L'ha scritta lui, è un cantautore».

Quando la sua esibizione finisce, viene travolto da urla e applausi.

Persino i trapper gli gridano: «Bravo, bro'! Hai spaccato!».

Simone scende dal palco e viene attorniato da tantissimi ragazzi che gli fanno i complimenti.

Finalmente vede Andrea e si dirige verso di noi.

«Ciao Andre! Grazie di essere venuto», lo saluta, poi si abbracciano.

«Sei stato fantastico!», gli dice Andrea.

«Be', grazie. Non mi va sempre così bene, ma stasera mi sento proprio ispirato».

«Sei stato troppo figo! Comunque io sono Sole, piacere!», trilla Sole sbattendo le ciglia e dandogli la mano per presentarsi.

«Ciao, io sono Simone. E tu invece chi sei?». Sposta lo

sguardo su di me. Ha gli occhi verde scuro, come l'oceano quando le onde sono impetuose, e per un attimo mi ci perdo dentro.

Poi mi riscuoto: «Io sono Maya».

Afferro la mano che lui mi porge, senza staccare gli occhi dai suoi.

Quando ci tocchiamo, sento una piccola scossa lungo il braccio e il mio cuore inizia a battere più forte.

Ma che mi sta succedendo?

«Maya, che bel nome», dice lui senza lasciare la mia mano.

Per un attimo mi sembra che questo locale, la gente e anche i miei amici non esistano più, ci siamo solo io e questo ragazzo sconosciuto che ci teniamo la mano.

È un piccolo momento perfetto, che viene interrotto dall'arrivo di una ragazza.

Tatuatissima e super sexy: capelli biondi selvaggi, labbra rosso fuoco e aria spavalda.

Sembra una controfigura di Rita Ora.

«Ehi, amore, finalmente ti ho trovato», gli dice ignorandoci completamente. Lo attira a sé per la maglietta e gli dà un bacio sulla bocca. «Tra poco tocca a me, dammi un altro bacio portafortuna».

Lui mi lancia una breve occhiata, mi pare sia un po' a disagio, poi la bacia.

Un'irrazionale fitta di gelosia che non riesco a controllare mi punge lo stomaco.

«In bocca al lupo», le dice Simone quando le loro labbra si staccano.

Poi la ragazza corre sul palco.

Oltre a essere bella è pure brava: si esibisce in un rap trascinante, spara rime come un kalašnikov.

«Vai, tipa, spacca tutto!!! Girl poweeeeer!», urla Sole.

Non so perché, ma tutto questo entusiasmo un po' mi infastidisce.

Per tutta la performance Simone è al mio fianco, ondeggiamo seguendo il ritmo della musica e le nostre braccia si toccano. Mi sembra che lui tenti di prolungare il contatto, ma forse è solo una mia impressione. Anzi, di sicuro lo è.

E comunque non devo farmi illusioni, la sua ragazza è bellissima e pure una regina del *freestyle*, nessuno qui riesce a toglierle gli occhi di dosso e tutti urlano il suo nome: «Lu-a-na, Lu-a-na».

Luana conquista il pubblico, che alla fine della canzone scoppia in un boato entusiasta.

Scende dal palco felice e si butta tra le braccia di Simone.

Io mi volto dall'altra parte e parlo di cose a caso con Sole.

Quando mi giro di nuovo, Simone è da solo e sta chiacchierando con Andrea.

«Luana doveva vedersi con le ragazze della sua crew», spiega a me e Sole, «io mi unisco a voi per la serata, se non vi dispiace».

Il mio sorriso gli basta come risposta.

Decidiamo di andare sui Navigli a bere qualcosa, dato che ormai il locale straripa di gente e per parlare dobbiamo praticamente gridare.

Risaliamo sulla macchina di Sole, Simone ci segue in motorino. Dopo un po' si scoccia di stare dietro a Sole che va come una tartaruga e ci precede.

Per non perderlo di vista, Sole è costretta ad accelerare un pochino. All'inizio è terrorizzata, ma io e Andrea la tranquillizziamo e alla fine pare prenderci gusto.

È sabato sera, e trovare posteggio in zona è un'impresa. Ma per fortuna Simone conosce una stradina nascosta dove possiamo parcheggiare.

Ci incamminiamo lungo il Naviglio Grande, pieno di locali e di persone con voglia di divertirsi. Troppe persone, però: si fa fatica persino a camminare.

Ci spostiamo lungo l'altro Naviglio, quello Pavese, che è un po' il fratello minore di quello Grande ma a me piace molto di più: è meno modaiolo e ha conservato il fascino di un tempo.

La notte è fredda, i nostri respiri creano nuvolette nell'aria gelida mentre camminiamo vicini per scaldarci.

«Ohmiodioooo!», urla di colpo Sole smanettando col telefono, facendoci sobbalzare tutti.

«Sole, cosa succede?», chiediamo tutti preoccupati.

«Adam mi ha appena scritto!!!».

Trema, è agitatissima.

«Ok, calmati», dico. «E cos'è che ti ha scritto?».

«Non lo so, non ci capisco un tubo, è tutto in inglese!».

«Certo, Adam è inglese e ti scrive in inglese...», commenta Andrea sogghignando. «Ti serve Google Translate o ti basto io?».

«Sì, Andrea, aiutami ti prego! Che sennò da sola faccio danni».

Andrea le si avvicina e le prende il telefono.

«Voi andate pure a cercare un posticino carino per bere una roba», ci dice Sole. «Poi noi vi raggiungiamo».

Io e Simone ci guardiamo un attimo negli occhi e poi annuiamo.

«Ok, ma fate in fretta», dico io, «che sennò vi congelate».

«Maya, io non mi posso congelare, brucio d'amore!», dice Sole facendoci ridere tutti.

«Attento a non scottarti, Andrea!», sghignazza Simone.

Io e lui ci mettiamo a camminare piano lungo il Naviglio. È molto più tranquillo dell'altro: in giro ci sono poche persone, intabarrate in cappotti e sciarponi.

Mi soffio sulle mani per riscaldarle.

«Ma tu hai freddo», mi fa notare Simone.

«Sì, un pochino. Purtroppo io non sto bruciando d'amore come Sole».

Lui ride, poi si toglie i guanti e me li porge.

«Forse sono un po' grandi, ma almeno ti terranno caldo».

Sono colpita dal suo gesto. Li indosso, e in effetti mi fanno due mani enormi, ma mi tengono caldo e mi sento già meglio.

«Andrea mi ha parlato molto di te», continua lui.

«E che ti ha detto?», chiedo curiosa.

«Che ti sei trasferita a Milano da qualche mese, e che in poco tempo siete diventati grandi amici».

«Sì, Andrea è proprio una persona speciale...».

«Talmente speciale che stasera ha rinunciato a un turno di lavoro ben pagato solo per venire al concerto e fare il tifo per me. È un vero amico».

«Quando hai iniziato a esibirti?».

«Ormai è qualche anno che faccio concerti...».

«Sei davvero bravo, sul palco sembravi perfettamente a tuo agio».

«Dovevi vedermi la prima volta! Ero terrorizzato, mi sentivo la lingua attorcigliata e pensavo che non sarei riuscito a spiccicare una sola parola!».

«E poi cos'è successo?».

«È successo che mentre ero sul palco e ho iniziato a cantare ho sentito che quello era il mio posto, e che stavo facendo quello che più amavo nella vita. Non volevo più scendere da lì!».

Le sue parole fanno risuonare corde profonde dentro di me.

«Com'è finita quella sera?».

«A metà pezzo mi si è rotta una corda della chitarra e non ne avevo una di riserva, quindi ho dovuto smettere di suonare... è stata una vera tragedia!».

Ridiamo insieme a questo ricordo.

«Ma è stato comunque bellissimo. È stata la prima volta che... non so come spiegarlo...».

«Che ti sei sentito davvero vivo?».

«Sì!», Mi guarda con i suoi occhi profondi. «Mi hai rubato le parole di bocca, era esattamente quello che volevo dire. Come hai fatto a capirlo?».

I suoi occhi non si staccano dai miei. Improvvisamente ho molto caldo.

«Non lo so, a volte sono ehm... molto intuitiva», rispondo impacciata.

«E tu Maya? Cos'è che ti fa sentire viva?».

Passeggiare con te lungo il Naviglio, vorrei rispondergli, ma mi mordo la lingua.

«Mmmh... non saprei...», temporeggio.

«Con il nome che hai, deve essere per forza qualcosa di creativo...», mi provoca lui.

«In effetti faccio torte buonissime, mi ha insegnato mia nonna!».

Ma come mi è uscita? Devo sembrargli una casalinga disperata che sforna dolci a ripetizione, in tuta e col mollettone tra i capelli!

«Ah, allora me ne devi far assaggiare una! La sai fare la Sacher? Io la adoro!».

«Ma dove sono finiti i musicisti maledetti di una volta, quelli tutti tatuati e cattivissimi? Tipo sex, drugs & rock'n'roll?», lo stuzzico.

«Be', io sono più un cantautore e i tatuaggi in effetti ce li ho... però non sono cattivo, giuro, parola di boy scout, l'ho fatto con Andrea».

«Bugiardo!», rido. «Andrea non ha mai fatto il boy scout!».

Lui alza le mani in segno di resa. «E va bene, va bene, ho mentito. Ma per assaggiare una tua torta sono disposto a tutto!».

Continuiamo a punzecchiarci e a ridere. Sto bene, mi sento a mio agio con Simone. Tranne quando mi guarda troppo a lungo, perché ho l'impressione che i suoi occhi possano vedermi dentro.

«Dài, raccontami un po' di te, se ti va», mi dice.

«Uhm... non saprei bene cosa dirti, magari finisco per annoiarti».

«Se ti va facciamo un gioco. Ti racconto io qualcosa di te, e tu mi dici se ho indovinato, ok?».

«Ok!», lo sfido. Ora mi dirà che sono un agente segreto, oppure che ho un seguitissimo blog di cucina.

«Allora, hai le braccia incrociate, d'accordo che fa freddo, però avresti potuto metterti le mani in tasca. È un gesto di autoprotezione, per tenere l'altro – ovvero me, in questo caso – alla giusta distanza. Sei una persona che prima di aprirsi ha bisogno di fidarsi. Poi: quando ti ho chiesto cos'è che ti fa sentire viva, ti sei arrotolata una ciocca di capelli sull'indice. Hai un segreto, e non lo vuoi rivelare perché sei molto riservata, e anche un po' timida. Forse hai paura di non essere capita, e quindi preferisci tenerti tutto dentro. Ma sei anche determinata: si vede da come cammini, senza incertezze, a testa alta, e da come mi guardi. Sono praticamente uno sconosciuto, eppure tu mi guardi dritto negli occhi, senza nessun imbarazzo».

Sono senza parole. Mi ha praticamente fatto una radiografia. Ci conosciamo da meno di due ore e di me ha già capito tantissime cose.

Simone è riuscito ad andare oltre la mia corazza.

«Allora, ho indovinato?», mi chiede guardandomi con una punta di divertimento.

Prima che possa aprire bocca, Sole e Andrea ci raggiungono.

«Ok, raga, tutto sistemato!», dice Sole.

«Vi siete rimessi insieme?», domando. Le parole mi escono quasi in automatico, perché la mia testa sta ancora pensando a quello che mi ha detto Simone.

«Dopo ti spiego».

Lei e Andrea hanno un'aria un po' strana, ma non è il caso di indagare davanti a Simone.

«Allora, avete trovato un locale carino per bere una cosa?», chiede Andrea.

«In effetti no, ci siamo un po' persi via a chiacchierare», dice Simone.

«Sì, lo vedo che siete proprio un po' *persi*», dice Andrea, con un sorrisetto malizioso alla parola "persi". «Ma nessun problema, io più che bere preferirei mangiare qualcosa, mi è venuta una fame pazzesca. Che ne dite di un hamburger? Poco più in là c'è un posticino che li fa buonissimi».

La proposta viene accolta con entusiasmo.

Ci fiondiamo nel locale e ordiniamo hamburger, patatine e birra per tutti.

Sole, in un impeto di salutismo, prende un veggie burger, poi dopo due morsi ruba il cheeseburger di Andrea, che protesta debolmente ma poi la lascia fare, anche perché scopre che l'hamburger vegano con salsina di melanzane gli piace un sacco.

«Ok, se posso mangiare panini così buoni tutti i giorni divento vegano», dichiara.

Io e Simone, invece, siamo soddisfattissimi dei nostri bacon burger e li divoriamo a grandi morsi.

Mentre mangiamo, Sole fa il terzo grado a Simone sulla sua vita e lo riempie di domande.

Lui risponde tranquillo, evidentemente è abituato a essere al centro dell'attenzione.

«Com'è che hai scelto 'sto nome strano?», chiede lei.

«Me l'ha suggerito un ragazzo più grande dopo un concerto insieme in un pub. Io ero ancora agli inizi, stavo passando un periodo complicato, i miei non accettavano che volessi vivere di musica, e le mie canzoni erano piene di rabbia. Così l'altro ragazzo mi disse che i miei pezzi erano corrosivi come acido, e dato che non avevo ancora un nome d'arte ho scelto "Kid Sour", "bambino acido"».

«Che storia affascinante!», commenta Sole sventolando le ciglia. «A volte i genitori sono una vera piaga...», aggiunge comprensiva. «Pensa che mia madre pretende che io mi iscriva a Economia, ma proprio ieri sera le ho detto che non lo farò».

Io e Andrea strabuzziamo gli occhi, sorpresi.

«E quindi che intenzioni hai?», chiedo io.

«Mi iscriverò a Economia!», fa lei tutta contenta.

«Credo di non aver capito bene...», dice Simone.

«Nemmeno noi!», diciamo in coro io e Andrea.

«Ok, vi spiego bene. Dunque, ho detto a mia madre che non mi iscriverò mai a Economia solo perché lo vuole lei, mi ci iscriverò perché ho capito che lo voglio fare *io*. Che vi devo dire? Ho scoperto che coi numeri ho feeling! Ora avete capito?».

«Oddio, insomma...», dico io. A volte i ragionamenti di Sole sono davvero incomprensibili, ma sono contenta che la mia amica abbia le idee chiare sul suo futuro.

«E tu, Maya, che farai dopo il liceo?», chiede Simone girandosi verso di me.

Io avvampo sotto il suo sguardo intenso.

«Ancora non lo so, ci sto pensando», taglio corto. «Ma continua a parlarci di te, dài!», lo invito per cambiare argomento.

Simone mi fa un sorrisetto e va avanti a raccontarci della sua passione per la musica, di quando da ragazzino passava le ore a suonare la chitarra, dei pomeriggi passati a scrivere canzoni, dei suoi primi concerti e dei suoi progetti: l'incisione di un album.

«Ho già molte canzoni pronte, e un piccolo produttore che collabora con volti noti della scena è disposto a scommettere su di me. Ha visto un paio di video di mie canzoni su YouTube e mi ha subito contattato».

Mentre parla il suo sguardo si posa spesso su di me, è come una carezza leggera.

«Andrea mi ha aiutato a girare un paio di video, è davvero bravissimo», aggiunge Simone.

«Be', in effetti quel piano sequenza che ti ho suggerito è venuto proprio bene!», commenta Andrea felice.

«Cos'è un piano sequenza?», bofonchia Sole con la bocca piena.

Andrea glielo spiega pazientemente, mentre io punto l'ultima patatina rimasta nel piatto. Anche Simone ha la stessa idea: allunghiamo la mano nello stesso momento e le nostre dita si sfiorano.

Un'altra piccola scossa mi sale lungo il braccio, la stessa che ho sentito nel locale appena ci siamo presentati.

«Oh, scusa Maya, non volevo rubartela», ritrae la mano. «Prendila tu», mi invita.

«Ma no, prendila pure tu, io ne ho già mangiate abbastanza», dico.

«Uff, quante storie! La mangio io!», dice Sole senza farsi troppi problemi. Mentre la patatina scompare nella sua bocca ridiamo tutti.

«Per smaltire questa cena domani mangio solo zucchine al vapore, vi giuro raga», promette, e poi continua, con voce maliziosa: «Simone, perché non ci parli un po' della tua tipa? State insieme da tanto?».

Io e Andrea le lanciamo occhiate di fuoco.

«Be', che c'è?», fa lei serafica. «Sto solo tentando di conoscerlo meglio! Allora, dicci un po'».

Simone è palesemente imbarazzato, ma per gentilezza non si tira indietro.

«Io e Luana stiamo insieme da tre anni, lei è una *freestyler* bravissima, farà strada. È già un esempio per tantissime ragazzine che vogliono fare rap, ed è una cosa figa perché sapete che purtroppo questo è un ambiente ancora molto maschile. Ecco, poi come fidanzati viaggiamo tra alti e bassi, come tutti», conclude.

Prende un sorso di birra, è un po' arrossito.

«Sole, te l'ha mai detto nessuno che tu hai un talento straordinario nel mettere le persone a disagio?», scherzo io.

Sole non se la prende minimamente e scrolla le spalle divertita.

«Dev'essere per questo che quello stronzo di Adam mi ha

mollata, allora! A proposito, Simone, che tu sappia Rick Rich è single?».

«Ehm, no».

«Ecco, la mia vita fa proprio schifo», dice Sole. «Quindi ordinerò delle altre patatine! Camerierееe!!!».

16

Quando usciamo dal locale, una leggera nebbia è calata sulla città e avvolge il Naviglio in un freddo abbraccio. È uno spettacolo irreale.

«Instagram subito!», ordina Sole, e fa una story di noi quattro che giochiamo a fare i fantasmi nella nebbia.

Poi ci incamminiamo verso la macchina. Sole e Andrea si attardano a fare un selfie sul ponticello, e io mi ritrovo di nuovo a camminare a fianco di Simone.

Restiamo zitti per un po', dopo la descrizione che ha fatto di me mi sento vulnerabile ed esposta ai suoi occhi.

È lui a rompere il silenzio.

«Allora, Maya, a parte mangiare questo buonissimo hamburger e cucinare torte, cos'è che ti fa sentire viva?».

Non si è dimenticato della mia esitazione di prima ed è tornato sull'argomento. Ma perché gli interessa così tanto?

La mia testa formula subito una risposta: forse perché gli interesso io.

Ma scaccio questo pensiero immediatamente: lui ha una fidanzata bellissima e bravissima e sexyssima che non ha paura di niente ed è pure un modello di affermazione femminile nel rap.

Praticamente la ragazza perfetta per lui.

Due musicisti che fanno generi diversi ma che si completano a vicenda. D'altronde, non si dice sempre che gli opposti si attraggono? E io invece mi sento molto simile a Simone.

Quindi: scordatelo, Maya.

Giro il viso verso di lui per inventarmi una risposta qualsiasi e incontro i suoi occhi; siamo così vicini che le nuvolette prodotte dai nostri respiri si fondono in un'unica nuvola.

Il suo sguardo dolce e intenso mi mette a nudo, e non posso che dire la verità.

«Mi piace cantare», dico. «Anzi, dire che mi piace è poco. Adoro cantare, da sempre, quando lo faccio il mondo attorno a me non esiste più e mi sento incredibilmente viva e felice. Mi sento realmente me stessa. Senza musica non potrei vivere».

Simone continua a guardarmi senza dire nulla. E io vado avanti senza potermi fermare. Senza volermi fermare.

«Non so nemmeno se sono brava, non so se ho un briciolo di talento. Mi sembrano sempre tutti più bravi di me. Però poco tempo fa è successa una cosa assurda: io e Andrea siamo andati in un locale dove facevano karaoke e mi ha obbligato a cantare una canzone, io non volevo, mi vergognavo. Ma quando sono salita sul palco e ho afferrato il microfono ho sentito che ero esattamente dove volevo essere e che stavo facendo la cosa che amo di più al mondo».

Sono senza fiato dopo questo monologo lunghissimo.

All'improvviso mi assale la paura di aver parlato troppo e di aver affidato la parte più intima di me a uno sconosciuto.

«Andrea mi ha raccontato di quella serata. E mi ha anche detto che sei stata grandiosa, era come se su quel palco ci fossi nata».

«Ah, ma allora lo sapevi già!», dico.

Ok, Andrea adesso lo strangolo. Anzi, gli taglio la lingua, così finalmente perde quel brutto vizio di parlare troppo. Sempre che riesca a ritrovarlo, in mezzo a tutta questa nebbia che si è ingoiata la città.

«Sì, ma volevo che ti fidassi di me e che fossi tu a dirmelo».

Il mio cuore accelera, e di colpo la rabbia che provo per Andrea scompare.

«Sai, mentre parlavi mi sono ritrovato esattamente nelle tue parole. Anche per me è la stessa cosa, la musica è la mia vita, mi salva dai casini e mi dà la carica per non mollare mai, pure quando tutto sembra andare storto e ho solo voglia di rimanermene a letto sotto il piumone, lontano da tutto e tutti».

«Già...», annuisco. Mi sento capita come mai era accaduto prima con nessun altro ragazzo.

Un'improvvisa folata di vento gelido ci scompiglia i capelli e mi fa svolazzare la sciarpa.

«Stasera sembra di essere a Helsinki, altro che Milano. Fa troppo freddo anche per nevicare», dice lui. Poi mi vede in difficoltà con la sciarpa che non riesco a incastrare sotto il cappuccio – ma perché sono sempre così goffa, maledizione! – e mi dice: «Aspetta, ti aiuto io».

Si avvicina, il sangue mi pulsa impazzito nelle vene. Le sue mani mi sistemano velocemente sciarpa e cappuccio, poi mi sposta una ciocca ribelle dietro l'orecchio.

È a pochi centimetri dal mio viso, vedo la spruzzata di lentiggini sul naso dritto, affondo nell'oceano calmo delle sue iridi.

«Maya», sussurra. E poi...

E poi il suo cellulare suona. Merda.

«Non rispondi?», mormoro un po' delusa.

Lui si scosta da me di un paio di passi, prende il telefono dalla tasca, legge il nome sul display e si allontana per rispondere.

Io rimango da sola a guardare il Naviglio che scorre piano, col cuore che batte ancora fortissimo e una sensazione strana nello stomaco.

Poi qualcuno mi afferra i fianchi all'improvviso. Urlo.

«Maya, ma che ti gridi? Siamo noi!», dice Sole.

Lei e Andrea si stagliano nella nebbia come due figure spettrali.

«Scema, mi hai fatto spaventare», rido per buttare fuori la tensione.

«Ma dov'è Simone? Ti ha fatto arrabbiare e l'hai buttato nel Naviglio?», scherza Andrea.

«No, è al telefono».

Non riusciamo a vederlo ma sentiamo la sua voce farsi sempre più alta: pare arrabbiato.

Torna da noi con aria preoccupata.

«Scusate, devo scappare. Luana ha bevuto troppo come sempre e adesso sta male. Devo riportarla a casa».

«Mi ricorda qualcuno», dice Andrea dando una gomitata a Sole. Poi guarda la faccia scura di Simone e smette di scherzare.

«Dài, amico, non ti preoccupare. Una bella dormita e le passa tutto».

«Sì», dice Simone, «passa pure la mia pazienza però. Fa sempre così».

Nessuno commenta. Simone saluta tutti, il suo ultimo sguardo è riservato a me e me lo imprimo nel cuore.

Poi si allontana correndo nella nebbia per recuperare il motorino.

«Vabbe', ragazze, che dite? Ci avviamo anche noi alla macchina e torniamo a casa?», chiede Andrea.

Io e Sole annuiamo.

Di colpo mi è scesa addosso una tristezza incredibile, non avrei mai voluto che Simone se ne andasse così, se solo il suo telefono non avesse suonato...

Ma evidentemente quella chiamata è servita a ricordarmi che ha una ragazza, e che tra me e lui non potrà esserci niente di più di un'amicizia.

Solo quando salgo in macchina mi ricordo del messaggio di Adam.

«Sole, ma poi che cosa ti aveva scritto Adam? Com'è andata con lui?».

Lei si scambia un'occhiata d'intesa con Andrea.

«Ma magari Adam mi avesse scritto stasera! Sono settimane che non lo sento, dopo che l'ho mandato affanculo!».

«Ma allora, prima...?». Sono perplessa, non capisco.

Sole ha l'incredibile capacità di mandarmi sempre in confusione.

«No, è che io e Andrea abbiamo visto che con Simone andavi molto d'accordo, quindi abbiamo pensato... come dire...».

«Di lasciarvi conoscere un po' meglio!», interviene Andrea sogghignando.

«Ah, ma io vi odio!», protesto ridendo. «Voi tramate alle mie spalle! È un complotto!». Poi prendo il pupazzo di Sole, una scimmietta regalo di uno dei suoi ex, e la tiro in testa a entrambi.

«Maya!», ride Sole. «Smettila che sennò faccio un incidente!».

«Tanto, anche se andiamo a sbattere, guidi così piano che non ci facciamo nulla!», dico io.

«Sole, sei una lumacona! Lumacona!!!», la prende in giro Andrea.

Ridiamo così tanto che ci scendono le lacrime. Tra una risata e l'altra però non riesco a non pensare a Simone e ai suoi occhi che sembravano leggermi dentro.

17

«Allora, Maya, secondo te cos'è meglio? Un inizio spumeggiante e un finale così così, oppure una partenza moscia e poi una conclusione top?».

«Sole, ma di che stai parlando? Di una storia d'amore?», bisbiglio.

Siamo nel bel mezzo di una lezione d'inglese sull'estetismo, Miss Capobianco ci sta parlando di Oscar Wilde.

«Ma no, Maya, che hai nel cervello, le pigne? Io dopo Adam con l'amore ho chiuso. Sto parlando dello spettacolo!».

Miss Capobianco sente il nostro chiacchiericcio e ci rimprovera dolcemente.

«Vagazze, vagazze, *pay attention please*!».

Poi per spronarci a stare attente ci offre delle caramelle mou al cioccolato.

Se tutti i prof fossero come lei, mi verrebbe voglia di studiare sette ore al giorno per non deluderli mai.

Io e Sole rimandiamo la nostra discussione all'intervallo e ci concentriamo sulla trama de *Il ritratto di Dorian Gray*, che Miss Whitehead ci spiega con passione.

Ma la mia testa è altrove: forse perché la primavera sta per arrivare, la sento nell'aria anche se fa ancora piuttosto freddo.

L'inverno è quasi passato: l'ho trascorso studiando sodo, uscendo con Andrea e Sole, ascoltando e scrivendo musica.

Il mio misterioso ammiratore mi ha mandato altri tre mazzi di rose, curiosamente sempre il 19 di ogni mese.

Sole si è sbizzarrita a cercare la simbologia di questo numero e dopo una settimana è tornata da me dicendo: «Maya, il diciannove è un numero primo cubano, quindi chiaramente il tuo spasimante è un cubano! È di certo la sua firma segreta!».

Ma io non conosco nessuna persona di origini cubane, e

anche se di matematica non ne capisco nulla ho scoperto su Wikipedia che i numeri primi cubani con Cuba non c'entrano un tubo.

Mia mamma invece è convinta che io abbia una storia segreta di cui non le voglio parlare, e una sera ho dovuto giurarle sul mio onore – e sulla mia collezione di scarpe rosa – che non c'è nessun fidanzato, o aspirante tale.

Già, perché l'unico ragazzo che mi ha fatto battere il cuore dopo tanto tempo è Simone.

Ma dopo quella sera sui Navigli non l'ho più rivisto: Andrea mi ha detto che ha lasciato l'università per occuparsi esclusivamente di musica.

Sono contenta per lui, ma il ricordo di quella serata si è piantato in profondità dentro di me e torna a galla nei momenti più inaspettati.

Come adesso, che sono seduta al mio banco e la nebbia della Londra vittoriana in cui si muove il bellissimo Dorian Gray mi ricorda un'altra nebbia e un altro bellissimo ragazzo...

«Terra chiama Maya! Terra chiama Maya! Maya, rispondi!», mi scuote Sole.

La lezione è finita: è suonato l'intervallo e in classe non è rimasto più nessuno.

«Dài, andiamo a berci un caffè, mi sa che ne hai proprio bisogno!», ride.

Andiamo alle macchinette del secondo piano e seleziono un caffè doppio, Sole prende una cioccolata.

«Con più zucchero possibile, ho bisogno di addolcirmi un po' la giornata!», dice.

«Ok, Sole, qual è il problema?».

«Sto impazzendo a buttare giù il programma dello spettacolo. Cioè, tipo: le Disgrazie le metto all'inizio o alla fine?».

«In che senso?».

«Finalmente mi hanno mandato una clip di presentazione e Maya, non puoi capire! È una roba noiosissima, non si capisce niente, parlano tipo in dieci lingue diverse! E poi non c'è nemmeno una tavola da windsurf, ma il titolo non parlava delle comari del windsurf? Comunque, va be', loro dicono che è una cosa sperimentale, ma qui rischiamo il lancio dei pomodori. O peggio di uova marce. Quindi se le metto all'inizio faccio addormentare tutti, mentre se le piazzo dopo tutti gli altri mi rovinano il gran finale. Insomma, non so cosa fare!».

«Ma il prof Rombi che dice?».

«Ah, il Rompi è super entusiasta, dice che loro sì non hanno paura di osare! D'altronde cosa ti aspettavi da uno che ha il coraggio di uscire di casa vestito in quel modo?».

Proprio in quel momento lo vediamo passare per il corridoio: ha una camicia color senape sotto una giacca a fiorellini sgargianti e gli immancabili pantaloni a zampa. Più che vintage, è un vero pugno in un occhio.

«Ma la preside Iena non gli dice niente? Lei che ci tiene così tanto all'eccellenza...», chiedo.

«Il Rompi l'ha conquistata con la sua tesi di laurea sul Dolce Stil Novo, la studiano anche all'università».

«Ah, allora dietro la facciata da Iena si nasconde una donna appassionata... non l'avrei mai detto!».

«Sì, sembra totalmente improbabile ma la Iena in fondo in fondo, ma proprio in fondo, ha un cuore di panna... basta non toccarle la sua amata biblioteca!».

Sole poi mi chiede di aiutarla a organizzare la "line up", dello spettacolo.

Non ho ancora deciso se presentare la mia candidatura o no come cantante, ho anche stilato una lista dei "pro" e dei "contro" per aiutarmi a decidere.

Pro: amo cantare.

Contro: potrei impappinarmi, stonare, dimenticarmi le parole, fare una figuraccia, senza contare che solo l'idea di avere addosso gli occhi di tutta la scuola – professori e studenti – mi fa già sudare freddo.

La lista dei "contro" supera abbondantemente quella dei "pro", quindi sto ancora temporeggiando e nel frattempo sono entrata nel gruppo food and beverage: siamo in otto, cinque ragazze e tre ragazzi, e per ora stiamo facendo un buon lavoro.

Aurora, la caposquadra, è figlia dello chef più rinomato di Milano e ha ereditato la bravura dal padre: all'inizio con me faceva un po' la snob, poi quando le ho suggerito un paio di dritte che mi ha dato nonna Paola su come esaltare i sapori usando le erbe aromatiche ha iniziato a rispettarmi, e ora siamo quasi amiche.

Ma ogni volta che, il mercoledì pomeriggio, ci troviamo in aula magna a decidere il menu, io sento che quello non è proprio il mio posto.

«Oh, Maya, oggi non si può parlare con te, dove hai la testa?», mi rimbrotta scherzosamente Sole vedendomi persa nei miei pensieri.

«Scusa, dicevi...?».

«Ti stavo raccontando delle Grazie, forse dovremmo chiudere con loro, il loro pezzo è veramente top... sarebbe un finale esplosivo!».

«Davvero?», dico distratta. Non mi interessa un granché di loro, non più, dopo il mio scontro in palestra con Clarissa. Sono mesi che non ci rivolgiamo la parola.

Prima che Sole possa rispondere, la campanella suona e sbuffando ritorniamo in classe.

Per fortuna c'è lezione con la prof González, ma le poesie d'amore di Antonio Machado non mi aiutano granché a non pensare più a quella sera d'inverno.

Di getto butto giù anche io qualche verso, magari mi servirà per una nuova canzone. Quando rileggo quello che ho scritto, sono abbastanza soddisfatta. Ci lavoro tutta la mattina, facendo finta di prendere appunti, e immaginando un possibile arrangiamento con la chitarra.

Non vedo l'ora di tornare a casa e provare a suonare questo pezzo.

Quando le lezioni finiscono, mi precipito fuori dalla scuola.

Mi incammino verso la metro con le cuffiette nelle orecchie: seleziono *Solo* dei Clean Bandit e la canticchio a mezza voce.

Sono totalmente immersa nella canzone, tanto che quando un motorino mi taglia la strada quasi ci finisco addosso.

«Ehi, stai attento, mi hai quasi messo sotto!», protesto.

Il tizio sullo scooter accosta al marciapiede e si ferma.

Oddio, adesso mi tocca litigare con 'sto tipo. Ho tutta l'intenzione di far valere i miei diritti da pedone, ma se fosse un pazzo furioso? Meglio filarsela.

Accelero il passo, ma dopo tre metri qualcuno mi afferra per il braccio.

«Lasciami stare!», urlo girandomi di scatto.

Mi voglio sotterrare. Davanti a me c'è Simone, che mi sorride con le mani alzate. I suoi occhi brillano maliziosi.

«Veramente volevo invitarti a pranzo, ma se preferisci ti lascio stare...», dice.

«Sì! Cioè no!». La mia testa è nel caos. «Ma tu che ci fai qui?».

«Ti ho aspettata davanti al liceo ma non ti ho vista, allora ho fatto un giro in zona sperando di beccarti ed eccoti qui».

«Ah, e perché mi aspettavi davanti al liceo?».

Il cuore mi batte talmente forte che faccio fatica a parlare.

«Devo farti una proposta. Ti va se ne parliamo a pranzo?».

Sono troppo contenta, confusa ed eccitata. Annuisco senza spiccicare mezza parola.

«Ok, ti porto in un posticino che conosco così parliamo».

Mi porge il casco e salgo sullo scooter insieme a lui. Si districa benissimo nel traffico e ha una guida sicura ma anche un po' spavalda, tanto che devo aggrapparmi a lui e tenermi ben stretta.

Ha un profumo buonissimo, avvolgente, in cui si mischiano note agrumate e legnose. Mi ricorda l'odore del bosco in estate, frizzante ma allo stesso tempo caldo e denso.

Per tutto il tempo del viaggio la mia mente formula mille ipotesi: chissà che proposta vorrà farmi, dopo essere sparito per così tanto tempo...

Ci fermiamo davanti a una vecchia trattoria milanese dall'insegna sbiadita, molto anni Cinquanta.

Simone mi apre la porta per farmi passare, un gesto d'altri tempi, come d'altri tempi sembra questo posto: bancone di legno con mille bottiglie, tavolini con tovaglie a scacchi, arredamento antico.

L'oste saluta cordialmente Simone e ci accompagna a un tavolo da due. Simone mi porge la sedia per farmi accomodare e poi si siede anche lui.

Ci guardiamo, sono un po' emozionata, non so bene cosa dire. Per fortuna l'oste arriva a portarci i menu e ci concentriamo sulla scelta del cibo.

Optiamo entrambi per un risotto ai funghi e una cotoletta alla milanese.

Mentre aspettiamo i piatti, sbocconcelliamo il pane e chiacchieriamo del più e del meno: lui mi racconta che negli ultimi mesi è stato impegnatissimo a girare dei video, proprio come aveva detto Andrea, io gli parlo della scuola e del mio rapporto tormentato con la prof di scienze.

«Ah, Maya, ti capisco: io ho fatto lo scientifico e il prof di latino mi aveva preso di mira, mi ha dato il debito per quattro anni!».

«Chissà che estati da incubo hai passato!».

«Sì, tutti a divertirsi al mare e io a fare le versioni... sono momenti duri, in cui pensi di aver sbagliato tutto nella vita!».

Ridiamo insieme delle nostre disavventure scolastiche.

Lui non menziona mai Luana, e io non faccio domande sull'argomento. Sentire quanto è felice con lei mi rovinerebbe il pranzo e spezzerebbe questa complicità che sento crescere tra noi.

Poi arriva il risotto, fumante e al dente: è buonissimo. Lo divoriamo in un batter d'occhio e dopo poco arrivano i secondi.

Appena vedo il piatto, protesto: «Ma Simone, non mi avevi detto che qui le porzioni erano così abbondanti, non ce la farò mai!».

La cotoletta è enorme, tanto che quasi straborda dal piatto, e in più c'è anche il contorno di patatine fritte.

«Maya, questa è la famosa cotoletta a orecchio d'elefante, assaggiala e vedrai se non finirai per mangiarla tutta!».

La assaggio: la panatura è croccante, mentre la carne è tenerissima. È davvero deliziosa, e pian piano la mangio tutta.

«Che ti avevo detto?», ride lui.

«Ok, detesto ammetterlo, ma avevi ragione», dico mettendomi in bocca l'ultima patatina. «Ma non dovevi farmi una proposta?», chiedo. Sono stata talmente rapita dal cibo che quasi mi sono dimenticata il motivo del nostro incontro.

«Sì, hai ragione, ma era così bello chiacchierare con te che quasi me ne stavo dimenticando. Però dovresti venire a casa mia», dice trafiggendomi con i suoi occhi color oceano.

Subito mi innervosisco. In che senso andare a casa sua? Che cos'ha in mente?

Lui si accorge del mio turbamento e subito precisa: «Ehi, non pensare male, sono un bravo ragazzo!», mi sorride. «Ricordati sempre che ho fatto il boy scout!».

«Ma non è vero!», rido io tirandogli il tovagliolo.

«Hai una memoria da elefante, Maya! Ok, ok, non è vero, però fidati di me, per favore».

Lo guardo. I suoi occhi sono sinceri, e buoni.

«Se accetti ti offro il pranzo», dice lui con un sorriso scherzoso.

Non reagisco.

«Ti offro addirittura il dolce, su!», ride.

Io finalmente mi sblocco.

«Ah, pensi di comprarmi con così poco?». Per fortuna ritrovo il mio senso dell'umorismo, che mi salva sempre pure se in extremis.

«Puoi resistere a me, ma di sicuro non alla Sacher!», ride.

Accetto, però specifico: «Una in due, per favore, che sono già pienissima», e ci dividiamo il dolce facendo la lotta coi cucchiaini perché lui tenta di rubarmi tutta la glassa al cioccolato.

Quando usciamo, facciamo due passi, poi ci rimettiamo in motorino e in pochi minuti siamo a casa sua. Simone abita in un piccolo bilocale in periferia, mi racconta che per pagare l'affitto e le spese deve fare i salti mortali ma non è disposto a rinunciare alla sua indipendenza.

Adesso che il suo nome come cantante comincia a girare, è un po' più tranquillo, ma ha vissuto momenti difficili.

L'appartamento è minuscolo, ma pulito e quasi ordinato. Mi precede lungo lo stretto corridoio e poi spalanca una porta.

«Ecco, questo era il ripostiglio, l'ho trasformato in uno studio di registrazione. È un po' sgangherato, ma è qui che registro i miei pezzi».

Nella stanza c'è un caos di cavi avviluppati come serpenti, monitor, computer e casse. In un angolo c'è uno sgabello, Simone lo prende e mi invita a sedermi, poi armeggia con il computer e mi fa sentire la base che ha composto per una nuova canzone.

Ha un bellissimo ritmo, intenso e trascinante.

Poi Simone va un attimo di là, torna con il foglio del testo e me lo mette in mano.

Anche questa canzone sembra una poesia.

Poi mi guarda sorridendo e mi dice: «Su, ora proviamo!».

«Proviamo cosa?». Non capisco, sono confusa.

«Il pezzo!», dice lui con un sorrisetto furbo.

«In che senso?». Continuo a non capire.

«Ho scritto questa canzone pensando a un duetto con una voce femminile, e vorrei che fossi tu a cantarla con me. Era questa la proposta che intendevo farti».

Di colpo la paura mi invade.

«Simone, ma tu non mi hai mai sentita cantare!», balbetto. «Come sai che ho la voce adatta per il tuo pezzo?».

Lui risponde tranquillo: «In effetti non lo so, me lo suggerisce l'istinto. Comunque, se ti va lo possiamo scoprire subito».

«E come?».

«Cantiamo. Aspetta che prendo la chitarra».

«Io... io non so bene cosa dire...».

Merda, ma perché nei momenti più importanti della mia vita non riesco mai a trovare le parole giuste? Vorrei che fossimo in una serie tv, così metto il tasto "stop", penso a cosa dire, rimetto "play" e me ne esco con la battuta perfetta, quella che poi diventa un meme virale condiviso da tutti.

«Infatti non devi dire niente, Maya, devi solo cantare. Su, coraggio».

Mi porge il microfono e fa ripartire la base.

Coraggio. Qualcosa si incrina nel mio petto, la corazza si spacca un po', e dalle fenditure escono raggi di luce. Una luce pazzesca.

Comincio a cantare; all'inizio la mia voce è incerta e sbaglio le parole scritte sul foglietto, ma poi prendo coraggio e divento più sicura. Simone mi osserva, mi fa cenno di scendere o salire coi toni, arriva il ritornello, cantiamo insieme, ci stuzzichiamo, le sue note vocali basse e graffianti contrastano con il mio timbro più corposo, finiamo il pezzo guardandoci negli occhi.

«Wow!», dice Simone. «Maya, hai una voce incredibile! Lo sapevo che sarebbe uscito un pezzo stupendo! Come fai a pensare di non essere abbastanza brava? Sei straordinaria!».

Lo ringrazio, imbarazzata.

«E poi non è che hai soltanto tecnica», prosegue lui facendomi arrossire sempre di più, «hai un timbro incredibile, è questo che fa la differenza!».

Proviamo e riproviamo tutto il pomeriggio. Simone è un vero professionista, e vuole che ogni cosa sia perfetta. Alla fine riascoltiamo l'ultima registrazione, e lui decide che abbiamo veramente dato il massimo.

«Direi che possiamo fare una pausa, non voglio che sforzi troppo la voce, e poi quest'incisione è ottima», dice. «Ti va un tè? Così ci rilassiamo un po' dopo tutto questo lavoro».

Ci sistemiamo al tavolo della cucina, talmente piccolo che le nostri mani si sfiorano.

«Come ti senti?», mi chiede lui con un'occhiata furba sopra la tazza di tè.

«Viva», rispondo d'istinto.

Lui sorride, e alza la sua tazza per un brindisi.

Quando la riappoggia, le nostre mani si toccano ancora. Stavolta nessuno dei due le sposta. Poi, piano, cominciano ad avvicinarsi sempre di più.

Non lo guardo negli occhi, osservo solo le nostre mani che giocano e si accarezzano, fino a intrecciarsi. Il mio cuore batte fortissimo, nemmeno con Alex ho mai provato niente del genere.

Le sue dita mi accarezzano il polso, poi la sua mano risale lungo il braccio fino al mio viso e mi sfiora le labbra.

Alzo lo sguardo, i suoi occhi sono pozze profonde di un lago di montagna, mi ci tuffo dentro... senza nessuna paura.

Il mio cuore è un tamburo impazzito, e decido di ascoltare il suo ritmo.

Mi sporgo verso Simone e lo bacio. Assaggio le sue labbra, le nostre lingue si sfiorano mentre lui mi accarezza i capelli...

È il bacio più dolce della mia vita.

Che però dura meno di dieci secondi.

Simone si scosta da me. «Maya, scusami... è meglio di no».

«Ok», dico raggelata.

«Non è che non voglio, tu mi piaci tantissimo, ma con Luana... è una situazione complicata».

«Non mi devi nessuna spiegazione. Tu mi hai offerto il pranzo e io ti ho offerto la mia voce. Siamo a posto così».

La mia corazza si ricompatta, dura e solida come pietra.

«Maya, ti prego, ascoltami...».

«No, è tardi, è meglio che me ne vada», dico gelida, raccogliendo le mie cose.

«Lascia almeno che ti accompagni in scooter», si offre lui.

«Non ti scomodare. Prendo i mezzi. Ciao». Esco dalla porta di casa sua e faccio le scale correndo.

Quando arrivo alla fermata del tram scoppio a piangere.

Ma perché la giornata più bella della mia vita deve essere anche la più brutta?

Non vedo l'ora di arrivare a casa, chiudermi a chiave in camera mia e non vedere più nessuno.

Appena apro il portone, vedo delle valigie nell'atrio.

La mamma è in partenza per un viaggio e non mi ha detto nulla?

Appena entro in salotto, non riesco a credere ai miei occhi, tanto che sbatto più volte le palpebre per assicurarmi che non sia un sogno.

Mi do anche un pizzicotto sul braccio, ma la scena non cambia. È tutto vero.

«Ciao papà», dico.

18

Il cameriere riempie i nostri calici di vino.

È da quando ci siamo seduti che ci chiede ogni due secondi se va tutto bene.

In effetti non va tutto bene, sono nervosissima.

Papà mi ha portata a cena in un ristorante super chic, molto diverso dall'osteria in cui ho pranzato con Simone.

Lì mi ero sentita subito a mio agio, qui invece mi sento un pesce fuor d'acqua.

Papà ha un volo tra poche ore, e ha insistito perché stasera cenassimo da soli io e lui, «per parlare del mio futuro», ha detto alla mamma.

Peccato che la prima ora lui l'abbia passata a parlare di Charlie e dei suoi successi sportivi.

Quanto vorrei che fosse altrettanto orgoglioso di me.

Appena ci portano il secondo – io ho preso solo un'insalata, ho lo stomaco chiuso –, lui tira fuori un pacchettino lungo dalla tasca della giacca e me lo porge.

«Per te, Maya, un regalo per i tuoi diciotto anni. Non avevo ancora avuto modo di dartelo».

Non me lo aspettavo. Scarto il pacchetto emozionata.

È un orologio.

«Wow, papà, grazie!». Sono senza parole.

Il regalo è bellissimo, sì… però io non porto l'orologio. Non li ho mai portati, sin da quando sono piccola, e lui dovrebbe saperlo.

«So che sei una ritardataria cronica esattamente come tua madre», tenta di scherzare, «quindi questo orologio è un modo per ricordarti che la puntualità è una dote delle persone vincenti».

«Certo, papà», lo ringrazio ancora senza che lui si accorga della nota di tristezza che c'è nella mia voce.

«Allora, hai deciso?», chiede lui.

«Deciso cosa?», chiedo masticando svogliata una foglia di lattuga. Nel frattempo lo schermo del mio telefono si illumina: con la coda dell'occhio vedo che è Andrea, mi chiede come sta andando la serata.

Papà si irrita e dice freddamente: «Ma non puoi spegnere quel coso, per cortesia? Stiamo parlando».

«Sì, certo, scusa», obbedisco.

«Allora, a quale università ti iscriverai? Ingegneria o Economia? Questa tua indecisione sta durando anche troppo, Maya».

«In effetti non lo so ancora...», mormoro tenendo gli occhi fissi sul piatto.

«Be', è meglio che tu decida in fretta. Ne va del tuo futuro, Maya, e una scelta sbagliata può comprometterlo per sempre. Hai deciso almeno l'argomento della tesina della maturità?».

«Non ancora», dico. Ma sto mentendo: da qualche settimana mi frulla in testa una tesina con argomento "La musica nei secoli", che mi darebbe l'opportunità di spaziare tra varie materie, tra cui addirittura fisica, perché vorrei fare pure un accenno ai principi dell'acustica.

Non ne parlo con papà; sono sicura che non approverebbe.

«Maya, a volte penso che tu non sia nemmeno mia figlia», dice provando a fare una battuta, ma io ci rimango malissimo. «Io alla tua età avevo già le idee chiare su cosa volevo nella vita, per questo non ho perso tempo e posso dirmi soddisfatto della mia carriera».

«Non siamo tutti uguali», sussurro, facendo un sorriso stiracchiato al solito cameriere che ci chiede se va tutto bene.

«No, certo che no, però devo essere sincero, Maya. Da te mi sarei aspettato di più, sono francamente deluso. Mi faccio mille ore di volo per stare un po' con te e ricevere notizie di cui andare orgoglioso, e invece ti vedo persa in un bicchier d'acqua. Non sei troppo grande per fare la ribelle? È ora che diventi adulta e ti prendi le tue responsabilità, Maya».

Queste parole sono come uno schiaffo. È da due giorni che mi subisco le sue frecciatine quando avrei voluto soltanto un abbraccio, una carezza.

La rabbia mi sale, è una marea incontrollabile.

«Come tu ti sei preso le tue quando te ne sei andato di casa, vero?». Questa frase mi esce dalla bocca come un colpo di pistola.

«Maya, un po' di rispetto! Quello che è accaduto tra me e tua madre non ti riguarda. E non ti permetto di parlarmi così, sono tuo padre!», sibila lui in tono glaciale.

«E allora fallo, il padre!», sbotto, mentre le lacrime mi pungono gli occhi. «Sono mesi che parliamo solo su Skype per non più di cinque minuti, perché tu sei sempre troppo impegnato, e poi vieni qui a dirmi come devo vivere la mia vita quando di me non sai più nulla!».

«Maya, abbassa la voce, per favore. Stiamo facendo una pessima figura».

Io continuo come se non l'avessi nemmeno sentito. «E non sai più nulla perché non te ne frega niente di me, papà! Altrimenti capiresti che di fare Economia o Ingegneria non mi importa un accidente! Ma tu vedi solo quello che vuoi vedere! Mi dispiace di non essere la figlia perfetta che vorresti, ma sai qual è la verità? Nemmeno tu sei il padre perfetto che vorrei».

Sto singhiozzando, il cameriere si tiene a debita distanza e mio padre mi guarda scocciato.

«Maya, datti una calmata, per cortesia», dice freddamente.

«No che non mi calmo, papà, non ne posso più di sentirmi inadeguata ai tuoi occhi, lo capisci? Lo capisci???». Urlo, sono fuori controllo, mi stanno guardando tutti.

E papà continua a tagliare la sua bistecca come se io non esistessi.

È troppo.

Afferro la borsa e la giacca e scappo fuori dal ristorante, dimenticandomi pure l'orologio sul tavolo.

Corro a casa, e ci trovo mamma con la faccia preoccupatissima.

«Mi ha appena scritto papà... amore, ma che è successo?», mi chiede.

«Ti prego, mamma, non adesso», le dico prima di chiudermi in camera mia.

Mi butto sul letto e piango tutte le mie lacrime.

Poi, quando sento che l'ondata di dolore è un po' passata, mi rialzo, mi siedo alla scrivania, prendo carta e penna e provo a trasformare le mie emozioni nei versi di una canzone.

Quando sento che mamma e Agnese sono andate a letto – e so che hanno il sonno pesantissimo, dormirebbero pure sotto le cannonate – prendo la chitarra e provo la mia nuova canzone fino a quando non sono soddisfatta del risultato.

È dolce e struggente, e parla di una ragazza che protegge il suo cuore ferito con una corazza, una principessa guerriera che deve combattere la battaglia più importante, quella con se stessa, per trovare il coraggio di aprirsi al mondo, perché dentro di lei ci sono foreste selvagge e fiumi limpidi, nuvole bianche e terre sconfinate; una ragazza che si perde nella nebbia, ma poi sconfigge i demoni della sua anima e trova finalmente il coraggio di inseguire i propri sogni...

Di getto la intitolo *Cuore Corazza.*

La registro sul pc grazie a un programma di home recording fai da te che ho scaricato qualche mese fa.

Quando ho finito, sono talmente distrutta che mi addormento sulla scrivania, con la testa appoggiata sulle braccia.

19

Siamo tutti radunati in palestra, oggi ci sono le prove dello spettacolo.

Sole gira tra i vari gruppetti a dare disposizioni, ha le borse sotto gli occhi e i capelli come se fosse appena passato un tornado.

Si sgola dentro un megafono per farsi ascoltare e ha l'aria davvero stressata.

Tra i pomeriggi di studio in vista della maturità e la preparazione dello spettacolo, non ha un minuto libero.

Qui c'è un caos incredibile. Ognuno è impegnato a migliorare la propria performance: c'è chi canta, chi balla, chi suona, chi presenta a un pubblico immaginario la propria invenzione; il gruppo di teatro ha occupato l'intero campo da basket per usarlo come palco e gli attori recitano in almeno cinque lingue diverse, sotto la supervisione della regista-prima attrice Atena che dà ordini a tutti con piglio dittatoriale. Tra di loro c'è anche quel tipo matto che voleva mettere in scena tutto l'*Orlando furioso*: guarda Atena con occhi da triglia, deve essere innamorato perso.

Io me ne sto in disparte a osservare: poco fa insieme al gruppo food ho fatto assaggiare alla preside Iena gli stuzzichini freddi che faranno parte del buffet, si è letteralmente leccata i baffi.

Ha apprezzato in particolare i miei tramezzini speciali con salmone e cetrioli: mentre li gustava ha chiuso gli occhi e si è lasciata andare ai ricordi della sua lontana giovinezza.

«Mmmh, sono eccellenti, proprio eccellenti... questi sapori mi ricordano un viaggio in Russia che ho fatto all'università, sulle orme del dottor Živago...».

«Uh, signora preside, ma perché cercava un dottore? E così

lontano, poi! Aveva un problema di salute?», ha chiesto Aurora, un talento ai fornelli ma con evidenti carenze letterarie.

A volte mi ricorda un po' Sole.

Appena ho sentito quello che aveva detto, ho incassato la testa nelle spalle, in attesa della reazione furibonda della preside a una tale bestialità.

«Ma no cara!», ha invece detto lei con tono caramelloso. «Il dottor Živago è il protagonista dell'omonimo romanzo di Boris Pasternak! Sai che ti dico? Qui in ufficio ne ho una copia, te la presto così anche tu potrai assaporare le gioie della letteratura, proprio come io sto assaporando queste delizie preparate da voi...».

Finalmente abbiamo capito il segreto della preside Iena: bisogna prenderla per la gola.

«Sono molto contenta di vedere che ti sei integrata nel nostro liceo», ha detto poi rivolgendosi a me, «e che stai coltivando il tuo talento culinario. Brava Mara, continua così!».

Il suo tono quasi affettuoso ha compensato il fatto che abbia nuovamente sbagliato il mio nome. D'altronde, nella vita bisogna sapersi accontentare.

Me lo ripeto anche adesso, mentre tento di convincermi che con Simone dovrei accontentarmi di ciò che c'è stato, e della canzone che abbiamo cantato insieme.

Dopo quel pomeriggio, mi ha mandato un messaggio: *Insieme spacchiamo. Grazie di avere cantato con me, e perdonami se puoi.*

Non gli ho mai risposto, ero troppo arrabbiata e confusa, anche per via del litigio con papà.

È partito il giorno successivo alla nostra disastrosa cena al ristorante, e adesso mi scrive più spesso. Deve aver parlato con mamma, perché ora non mi chiede più soltanto dei voti e della scuola, sta facendo uno sforzo per avvicinarsi a me e devo dire che lo apprezzo.

Mi ha promesso che appena finita la maturità, qualunque sia il voto che prenderò e l'università che sceglierò, mi porterà una settimana a New York.

Io e lui da soli, per tornare a conoscerci.

È un'offerta di pace che non ho voluto rifiutare, anche se so che non sarà facile per entrambi recuperare il tempo perduto. Ma almeno ci proveremo, ed è già qualcosa.

Magari concentrarmi sul viaggio mi aiuterà a non pensare a Simone.

Non lo voglio più vedere e lo voglio vedere tantissimo.

Lo detesto e vorrei che mi stringesse tra le sue braccia.

Ripenso al nostro bacio, vorrei che non fosse mai accaduto e che succedesse ancora mille volte.

Insomma, è tutto un casino.

«Maya! Maya Ferreriiii!». Mi riscuoto di colpo dai miei pensieri. Sole sta urlando il mio nome dentro il megafono. «Invece di stare lì seduta a non fare niente, alza le chiappe e vieni a darmi una mano!».

Tutti interrompono le prove e si girano a guardarmi.

Che imbarazzo! Arrossisco fino alla punta dei capelli mentre Sole mi raggiunge quasi correndo.

«Sole! Ma ti pare che devi farmi fare queste figure davanti a tutti?», protesto. «E poi il mio dovere l'ho già fatto: mi è venuta la tendinite a furia di preparare tramezzini!».

«Maya, ti prego, sono distrutta, mi serve aiuto sennò rischio il check-out!».

«Eh?».

«Massì, check-out, quando sei esaurita dai troppi impegni e stai per esplodere!».

«Ah, ok, vuoi dire *burnout*!».

«L'ho sempre detto che sei un genio, sei proprio un pozzo di scienza. Quindi mi aiuti?», mi chiede con gli occhi imploranti.

Non ne ho la minima voglia, ma Sole è effettivamente esausta e quindi non me la sento di dirle di no.

«Va bene», accetto un po' a malincuore. «Cosa devo fare?».

«Dovresti farmi una cinquantina di copie di questo programma provvisorio, così lo distribuisco agli artisti... grazie Maya, sei un'amica! Ti restituirò il favore facendoti copiare il compito di fisica».

«Mi sembra uno scambio equo, ci sto».

«Già che ci sei, non è che mi prendi un succo di frutta alle macchinette? Ho un calo di zuccheri, rischio di svenire... e se io svengo qui va tutto a rotoli! Il Rompi si prende tutti i meriti e a me toccano solo gli sbattimenti! E sono ancora in alto mare con la tesina sul bullismo... Ah, Maya, non ho *cash*, ma poi ti restituisco i soldi, giuro».

«Ti serve qualcos'altro?», chiedo ironica.

«Be', sì... a pensarci bene vorrei anche una pizza capricciosa con doppia mozzarella e un fidanzato superfigo, grazie».

«Te li porto tutti e due insieme o preferisci prima uno e poi l'altro?», sogghigno.

«Prima la pizza, ovvio. La pizza viene sempre prima di tutto!».

Scoppiamo a ridere, poi lei torna a coordinare le prove e io vado nello stanzino della fotocopiatrice.

Al decimo foglio stampato, noto che i colori sono sempre più sbiaditi. Temo che si stia esaurendo il toner.

Io non ho la più pallida idea di come cambiarlo, e in giro non c'è nessun bidello a cui chiedere aiuto. Me la devo cavare da sola.

Non mi perdo d'animo e guardo un tutorial su YouTube: prima tiro fuori il toner dalla fotocopiatrice e lo shakero come se stessi preparando un cocktail, poi lo inserisco di nuovo.

Sembra una follia, ma invece funziona: solo che dopo altre dieci pagine il nero dell'inchiostro è ancora sbiadito e si fa fatica a leggere le parole.

Non c'è altra soluzione: pure Wikihow dice che a questo punto non c'è altro da fare se non cambiare il toner.

Già, ma dove saranno i toner nuovi?

Cerco attentamente nello stanzino, ma non lo trovo, mentre l'irritazione mi sale sempre di più: ma perché ho accettato di aiutare Sole quando potevo starmene tranquilla per i fatti miei?

Perché è un'amica, ecco perché, e gli amici si sostengono nel momento del bisogno, mi suggerisce subito la mia testa, però se entro cinque minuti non trovo quel dannato toner Sole dovrà accontentarsi del succo di frutta.

Mi sporgo nel corridoio e vedo la sagoma di un bidello che si allontana in tutta fretta. È il signor Francesco, famoso nel liceo per lo smercio illegale di panini e panelle che gli prepara la moglie e che lui vende di nascosto agli studenti per merenda.

«Ehi, signor Francesco!», lo chiamo.

Lui non si gira.

«Ehi, ho bisogno di aiuto!». Ancora non mi dà retta.

«Un topo, aiuto!!!», grido.

Finalmente si volta e ho tutta la sua attenzione.

«Oddio! Un topo? Ancora?! Ma è una persecuzione! Dobbiamo trovarlo subito che se lo vede la preside è un disastro! Dove l'hai visto?».

«Mah, ecco... mi è parso di veder sparire la coda oltre la porta della biblioteca...», mento spudoratamente.

«Santo cielo, la biblioteca!!! La preside questa volta ci lascia le penne! Chiamo di nuovo la disinfestazione. Grazie della segnalazione, cara... come ti chiami che mi dimentico sempre i nomi degli studenti?».

«Maya Ferreri, 5ª B. E, mi scusi, dovrei chiederle una cosa: dove posso trovare un nuovo toner per la fotocopiatrice?».

«Giù nel ripostiglio accanto all'aula magna. Te lo porterei io, ma devo prima risolvere questa emergenza. Grazie ancora, Maya!».

Gli sorrido e faccio per avviarmi verso le scale, quando sento un: «Psssss, pssss», dietro di me.

Mi giro e il signor Francesco si avvicina a me con aria da cospiratore: «Passa da me all'intervallo che ti faccio un prezzo speciale», mi dice facendomi l'occhiolino.

Poi se ne va a dare battaglia a un topo inesistente e io mi dirigo verso il ripostiglio del piano terra.

Mentre scendo gli scalini pregustando il panino che divorerò all'intervallo a prezzo stracciato, sento delle voci. Sembra che qualcuno stia litigando.

Mi blocco sulle scale.

I due – un ragazzo e una ragazza – stanno urlando.

«Tu sei mia, hai capito? Mia, e di nessun altro!», grida lui.

«Mi stai facendo paura... lasciami in pace, ti prego!».

Allungo la testa per vedere meglio e di colpo faccio un salto nel passato: mi ritrovo nel bosco alla festa di Clarissa, ad assistere al litigio tra lei e Filippo.

Sono passati mesi, ora non siamo più nel bosco ma al liceo, però la situazione è la stessa: Clarissa e Filippo si stanno fronteggiando ancora, e lei come l'altra volta sta avendo la peggio.

«Clarissa, riproviamoci! Io ci ho provato a stare senza di te, ma sto troppo male... io e te siamo fatti per stare insieme, per sempre», dice lui.

«Filippo, ti prego, lasciami stare...», lo implora Clarissa.

«No, che non ti lascio stare! Io ti amo, e tu sei una cosa mia, hai capito?», ringhia Filippo. «È per colpa di quel pezzo di merda di Luca che non vuoi più stare con me, vero? Dimmi la verità, sennò ti faccio male! Ci andavi a letto pure quando stavamo insieme, vero? Parla!».

E poi succede tutto all'improvviso: lei prova a scappare, ma Filippo la afferra per il braccio, poi le tira due schiaffi.

Il rumore riecheggia nel silenzio improvviso. È un attimo, poi Clarissa scoppia a piangere.

«Non mi devi mentire, hai capito?», le urla in faccia.

Un flashback nella mia testa. Alex davanti a me, che grida, mi sovrasta, mi insulta. E io che alzo le braccia sul volto per proteggermi.

Qualcosa dentro di me si fa strada su per lo stomaco, attraversa la gola ed esplode in un grido. Ma stavolta non è paura. È rabbia, feroce e tagliente.

«Non la toccare!», urlo. La mia voce esce così potente che quasi non la riconosco.

Lui mi guarda stupito.

Clarissa si rannicchia contro il muro piangendo.

Io scendo gli scalini mentre il furore mi martella le tempie e mi piazzo davanti a lei per proteggerla.

«Maya, che cosa credi di fare?», mi sbeffeggia lui ridendo. «Sei solo una stupida ragazzina, non mi fai paura».

«No, Filippo, non hai capito, sei *tu* che non fai paura a me», dico. «Non ti permettere mai più di trattare Clarissa in questo modo!».

«Io la tratto come si merita. E tu devi farti i cazzi tuoi, vero Clarissa? Diglielo anche tu che non si deve impicciare in cose che non la riguardano».

«Se tu tratti male una ragazza, anche se non è mia amica, la cosa mi riguarda eccome», dico con fermezza. «Forse nessuno ti ha insegnato il rispetto, ma di sicuro la preside ti darà una bella lezione, quando le racconterò cos'hai fatto».

«Cosa? Vuoi andare a dirlo alla preside?». È impallidito.

«Guarda che non è successo niente, eh, io e Clarissa abbiamo solo avuto una discussione un po' accesa, ma adesso lei sta bene, vero Cla?».

«No, non sto bene, mi hai fatto male», mormora Clarissa con la voce impastata di pianto, accarezzandosi le guance ancora calde e arrossate. «E non voglio che succeda mai più. Sei un violento, Filippo, e devi prenderti la responsabilità delle tue azioni».

«Ti accompagno io dalla preside, tranquilla. Non ti lascio sola», le dico aiutandola a rialzarsi. Appena la tocco sento che sta tremando.

«Dài, Cla, ti prego! Tra poco abbiamo la maturità, se lo vai a dire alla preside mi rovini! Non succederà più, te lo prometto», tenta di difendersi lui.

«No, è già accaduto troppe volte, non ti coprirò più. Stavolta è davvero finita, Filippo», trova la forza di dire Clarissa.

Filippo ci guarda spaesato, nei suoi occhi vedo il terrore, per un attimo mi fa quasi pena. Ma poi torna l'arrogante di sempre.

«Siete solo due povere sfigate! Andate a raccontare alla preside quello che volete, tanto lei non oserà mai sospendermi, con tutti i soldi che mio padre sborsa per la squadra di basket!».

Ci lancia un'ultima occhiata sprezzante, poi ci volta le spalle e se ne va.

Io e Clarissa rimaniamo da sole. Siamo aggrappate l'una all'altra, un po' come due naufraghe che riescono a raggiungere finalmente la riva.

Appena la guardo negli occhi, lei scoppia a piangere.

«Stai tranquilla», la abbraccio goffamente e tento di rassicurarla. «È tutto finito adesso».

«Maya, sono una cretina!», singhiozza lei. «Gli ho permesso di trattarmi così per tantissimo tempo... ma ero così innamorata da perdonargli tutto».

La capisco perfettamente. A me è successa la stessa cosa.

«Clarissa, non ti colpevolizzare, la colpa è soltanto di Filippo. L'importante è che tu abbia detto basta».

«Hai ragione, Maya. Sono stata davvero una stupida a giudicarti una sfigata provinciale... oggi hai avuto un coraggio incredibile. Grazie per avermi difesa, se non ci fossi stata tu non so come sarebbe finita».

Coraggio. Nemmeno io sapevo di averne così tanto... «Ora andiamo dalla preside, ok? Te la senti di raccontarle tutto?».

«Sì. Non ho più intenzione di proteggere quello stronzo».

20

Io e Clarissa saliamo piano le scale, sottobraccio come due amiche.

Arriviamo al secondo piano, davanti all'ufficio della preside. Guardo Clarissa un'altra volta, sul suo viso c'è il segno rosso degli schiaffi di Filippo, so quanto sia difficile raccontare la violenza fisica o verbale di cui si è vittime, quanto sia grande la vergogna.

«Sei pronta?», le chiedo.

«Se tu mi stai vicino, sì».

Le sorrido, busso.

La preside urla: «Avanti!».

Entriamo nell'ufficio. La preside ha la testa china su qualche circolare del ministero, ma appena mi vede le brillano gli occhi: «Oh ciao Mara, mi hai portato qualche altra squisitezza da assaggiare?».

Poi osserva con attenzione le nostre facce e capisce che qualcosa non va: «Ragazze, è successo qualcosa?».

«Clarissa deve parlarle», dico. Le stringo forte la mano per darle coraggio.

«Bene, Odescalchi, che succede? Siediti e dimmi tutto».

«Ecco, signora preside... riguarda Filippo. Io e lui siamo stati insieme qualche mese, ma poi le cose sono cambiate e lui...».

Clarissa ripercorre brevemente la sua storia con Filippo fino ad arrivare all'episodio di poco fa.

La sua voce all'inizio vacilla e trema, ma poi diventa sempre più sicura.

La preside la guarda dapprima con gli occhi sgranati, nemmeno lei vorrebbe credere che un ragazzo di ottima famiglia possa trasformarsi in un violento, ma il suo volto a poco a poco si rabbuia.

Quando si rivolge a Clarissa, il suo tono è accorato, quasi materno, ma pieno di determinazione: «Cara, mi dispiace moltissimo. Hai fatto bene a venire da me, episodi come questo non devono mai passare sotto silenzio. Ti assicuro che non succederà mai più e che la scuola ti proteggerà sin da adesso. Convocherò un consiglio d'istituto straordinario e vedremo quali provvedimenti prendere. Perché ci saranno di certo delle conseguenze. Ma ora vuoi che ti faccia un permesso per tornare a casa a riposarti un po'?».

«No grazie, signora preside. Vorrei tornare in palestra e riprendere le prove, le ragazze del mio gruppo mi stanno aspettando».

«Brava, Odescalchi! Il professor Rombi mi ha anticipato che la vostra esibizione è davvero superlativa, *eccellente*!».

Faccio un respiro di sollievo. Ora sì che riconosco la cara, vecchia preside Iena.

Mentre ritorniamo in palestra, Clarissa per ringraziarmi dell'aiuto mi offre di entrare nel suo gruppo musicale per lo spettacolo.

«Dài, i passi della coreografia sono abbastanza semplici, te li posso insegnare io. E poi non è necessario che canti se sei stonata, puoi limitarti a fare i cori. Hai coraggio da vendere, di sicuro il palcoscenico non ti spaventa!».

Se solo sapesse la verità, di quanto il palco in realtà mi terrorizzi...

Rimango in silenzio.

«E poi, ecco, non te l'ho mai detto perché ero gelosa di te e avevo paura che mi rubassi Filippo, ma sei molto bella Maya. Saresti perfetta insieme a noi!».

Adesso sì che riconosco la Clarissa di sempre: ambiziosa e determinata, ma soprattutto sempre attenta all'estetica.

«Grazie Clarissa, ma voi siete tutte bionde, che ci faccio io in mezzo a voi? Rovinerei l'armonia dei colori!», rido.

«Be', potresti sempre tingerti i capelli!», sghignazza lei. Poi mi squadra bene e tornando seria dice: «No, non tingerti. Sei perfetta così come sei. Non cambiare mai per nessuno, a meno che non sia tu a volerlo».

«Oddio, Clarissa, come sei diventata saggia! Mi sto quasi

preoccupando. Potresti cortesemente tornare a essere presuntuosa e superficiale? Ho bisogno di certezze nella vita!», scherzo.

«Maya, so che questa notizia ti sconvolgerà, ma anche se sono bionda non sono affatto stupida!».

«Questo è ancora tutto da dimostrare!», la provoco sorridendo.

Entriamo in palestra ridendo come matte e continuando a punzecchiarci. Sono così felice di vederla sorridere.

Le gemelle e Sole ci guardano sbigottite, non riescono a credere ai loro occhi.

Quando incrocio lo sguardo di Sole, mi rendo conto che non le ho portato né le fotocopie né il succo di frutta.

Ora non è il momento di raccontarle ciò che è successo, perciò dovrò inventarmi una scusa plausibile. Darò tutta la colpa al toner esaurito.

«Sole, scusa, ma l'inchiostro sbiadito... il toner... il bidello. Scusa, non ti ho comprato nemmeno il succo», farfuglio.

«Non ti preoccupare, sei stata via secoli, fosse stato per te sarei già svenuta per un calo di zuccheri, per fortuna è passata Miss Whitehead con il suo sacchetto di bonbon...

«Comunque», riprende a parlare, «è successa una cosa un po' strana. Mi è appena arrivata un'email anonima, dice che qui a scuola si nasconde un talento straordinario che però non ha il coraggio di mostrarsi in pubblico. In allegato c'era un audio, l'ho scaricato, e... È una delle canzoni più belle che abbia mai sentito, la tipa che canta ha una voce pazzesca, mi è venuta la pelle d'oca! Aspe', che ti faccio sentire».

Non so perché, ma sento freddo e caldo contemporaneamente.

Sole armeggia con le cuffiette che non vogliono uscire dalla tasca dei suoi jeans, poi me le porge e quando me le infilo nelle orecchie fa partire il pezzo.

Bastano due note perché lo riconosca.

È *Cuore Corazza*.

21

«Sei uno stronzo!».

«Maya, calmati per favore».

«No che non mi calmo! Non avevi nessun diritto di farlo».

«Lo so, ma era per darti una spinta...».

«Una spinta per farmi cadere giù da un precipizio?!».

«No, per aiutarti a credere in te stessa».

«Ma chi pensi di essere, il mio psicologo? Ora non trovare alibi stupidi. Hai tradito la mia fiducia, ma che razza di persona sei?».

«Maya, ti prego, ora non posso stare al telefono che sto lavorando. Possiamo vederci stasera?».

«No. Non voglio più vederti. Io e te abbiamo chiuso. Addio Andrea».

E prima che lui possa ribattere, chiudo la chiamata e spengo il cellulare.

Non ci è voluto molto a capire che l'email anonima fosse di Andrea, lui era l'unico a sapere della canzone. Il giorno dopo la mia serata con papà, è venuto a trovarmi per tirarmi un po' su il morale, e gliel'ho fatta ascoltare. Deve essersi inviato il file audio mentre ero in cucina a preparare i pop-corn.

Lo odio, non voglio più avere niente a che fare con lui.

Rientro in palestra con un dolore alla bocca dello stomaco, Clarissa si accorge che qualcosa non va, interrompe le prove e mi si avvicina.

«Maya, tutto bene? È per quello che è successo prima? Stai tranquilla che Filippo non la passerà liscia: è appena sceso il bidello per convocarlo in presidenza».

«No, Clarissa, è tutto ok, mi è solo scoppiata la solita emicrania...».

Sono arrabbiata, triste, scombussolata.

Vorrei solo tornarmene a casa, mettermi sotto il piumone e dimenticarmi di tutto.

Nel frattempo Sole ha smesso di sgolarsi al megafono e sta smanettando col cellulare.

Il cuore mi sale in gola. Non è che ha scoperto il mio segreto?

Corro da lei.

«Sole, ma non dovresti coordinare le prove? Guarda che sennò il prof Rombi si arrabbia!», le dico fingendo di interessarmi all'organizzazione dello spettacolo.

«Maya, quella canzone mi è troppo entrata in testa, dobbiamo assolutamente scoprire chi è la cantante misteriosa! Ho inviato il pezzo a tutti gli studenti che conosco, magari qualcuno ne sa qualcosa in più! Sarebbe l'esibizione perfetta con cui chiudere lo spettacolo, il Rompi rimarrebbe a bocca aperta e mi darebbe di sicuro un otto in italiano per premiarmi. Cioè, se arrivo con 'sta media alla maturità spacco! E chissenefrega se sbaglio qualche congiuntivo! Ehi, non è che mi vuoi aiutare anche tu a risolvere questo mistero? Dài, saremo come Sherlock Holmes e il suo fidato assistente Hudson!».

Watson, penso, non Hudson. L'Hudson è il fiume che attraversa New York. Ma non ho la forza di correggerla per l'ennesima volta, non ce la faccio più, sto per esplodere, ho bisogno di stare da sola e dimenticarmi questa giornata.

«Scusa, Sole, ma ho un mal di testa da impazzire, penso che me ne andrò a casa».

«Oh, Maya, mi dispiace! Sarà colpa di tutti questi studenti stonati... se fossero tutti come 'sta tipa misteriosa sarebbe un sogno!».

Basta, basta, basta! Me ne voglio andare.

«Ci vediamo domani, Sole». La saluto frettolosamente, passo dalla segreteria a farmi fare un permesso d'uscita anticipata – i vantaggi dell'essere maggiorenne – ed esco da questa gabbia di matti.

Appena fuori, l'angoscia si allenta un pochino: c'è vento, l'aria è pulita, il cielo è terso.

Il sole mi regala un pizzico di serenità, ma appena ripenso al tradimento di Andrea il mio umore si fa di nuovo nero.

Vorrei una tempesta che spazzasse via tutto, lasciando solo macerie al suo passaggio.

Un'apocalisse che distruggesse ogni traccia di *Cuore Corazza*.

E che strappasse via dal mio cuore pure Simone, che ci si è piantato dentro come un chiodo.

Non voglio fidarmi più di nessuno, fa troppo male.

Per un po' voglio sparire dal mondo.

In metro, per far stare zitti i miei pensieri, provo ad ascoltare *Nuvole bianche* di Einaudi, ma nemmeno quelle meravigliose note che di solito sono una medicina infallibile contro la mia tristezza mi confortano.

Sento un peso schiacciarmi il petto, e mille domande che mi affollano il cervello: perché Andrea l'ha fatto? Davvero pensava di aiutarmi? Forse ha agito con le migliori intenzioni, ma gli amici non dovrebbero rispettare le tue volontà senza forzarti?

E Simone? È apparso nella mia vita e l'ha sconvolta, facendomi provare emozioni fortissime che non sentivo da troppo tempo... e poi è sparito.

Certo, per lui è normale cantare insieme a qualcun altro, quello che abbiamo fatto insieme è stato straordinario solo per me, per lui invece è la normalità.

Ed è questo quello che mi fa più male, il peso diverso che diamo a quello che è accaduto.

Io a quel bacio ci penso ancora adesso dopo settimane, lui invece è andato avanti con la sua vita...

Appena arrivo a casa, mi sento rabbrividire di freddo e subito dopo ho ondate di caldo.

Ho anche un po' di nausea, dev'essere tutta colpa di questa giornata schifosa. Forse se mangio qualcosa starò meglio.

Apro il frigo: è il deserto del Gobi, vuoto e desolato. Ovviamente mia madre si è dimenticata di fare la spesa. C'è solo una confezione di uova scadute, e delle zucchine.

Potrei prepararmi un piatto di pasta, ma al solo pensiero la nausea aumenta sempre di più.

Metto su l'acqua per un tè, e sbocconcello svogliatamente qualche fetta biscottata.

Non mi sento bene, ho freddissimo. E mi è venuto davvero un mal di testa assurdo.

Butto giù un analgesico, mi avvolgo in una coperta e mi stendo sul divano con la mia tazza di tè. La tengo stretta per scaldarmi le mani, praticamente mi battono i denti dal freddo.

Dev'essere il trauma, mi ripeto. Lo shock dello scontro con Filippo e il tradimento di Andrea. Il mio corpo sta solo somatizzando.

Ieri sera ho lasciato un libro sul bracciolo del divano, lo prendo e provo a leggere un paio di pagine per distrarmi, ma la testa continua a pulsarmi e mi si incrociano gli occhi.

Decido di rilassarmi con un po' di tv, meno impegnativa: faccio zapping a caso, cambio canale in continuazione perché i colori troppi accesi mi danno fastidio agli occhi. Mi fermo su un vecchio film francese in bianco e nero degli anni Sessanta, è già a metà, quindi della trama non ci capisco un granché, ma mi sembra che ci siano due ragazzi innamorati della stessa ragazza.

Un po' come la mia situazione, ma completamente capovolta, pure se di Andrea sono innamorata solo come amico. *Ero* innamorata, mi correggo.

Mi devo abituare a parlare di lui al passato.

Ma sono solo tre ore che non ci sentiamo e già mi manca da impazzire.

Come farò senza la sua allegria e la sua vitalità? Sto sempre peggio, mi fanno male tutte le ossa.

Mi sdraio e appoggio la testa sui cuscini, chissà se l'emicrania mi concederà una piccola tregua.

Continuo a guardare il film: adesso i tre protagonisti sono andati a vivere insieme a Parigi, e mi immagino come sarebbe vivere con Simone e Andrea in un grande appartamento qui a Milano... Un loft luminoso con un bel terrazzino pieno di fiori e una piccola sala di registrazione... Io e Simone come fidanzati, e Andrea il nostro migliore amico... magari anche un cane, sì, un bulldog francese di nome Ugo...

Le mie palpebre sono sempre più pesanti, chiudo gli occhi giusto per un secondo.

Il mio telefono squilla – ma non l'avevo spento? –, mi alzo a fatica per prenderlo dal tavolo e rispondo.

È Clarissa, mi avvisa che Filippo è davanti alla mia porta di casa, lei sta per arrivare. Ma quel bulletto non mi fa paura: sono perfettamente in grado di affrontarlo, pure avvolta in una coperta come un'eschimese e con le pantofole di pelo rosa ai piedi.

Apro la porta: Filippo è di fronte a me, in versione Mister Sorriso Smagliante. Mi chiede scusa, dice che si è comportato malissimo, e che la sospensione di una settimana che gli ha dato la preside gli servirà per capire i suoi errori.

Io annuisco, lui mi sembra sinceramente pentito, e poi ho troppo mal di testa per arrabbiarmi ancora, lo faccio entrare per offrirgli un tè. Gli do le spalle per accendere il bollitore, e quando mi giro, seduto al tavolo della cucina, c'è Alex.

«Che ci fai tu qui?», chiedo sorpresa.

«Ti ho portato dei biscotti al cioccolato, i tuoi preferiti».

Abbasso lo sguardo: sul tavolo c'è una scatola di biscotti. Ne prendo uno, è delizioso, e chiudo gli occhi estasiata per gustarlo meglio. Ha lo stesso sapore dei biscotti che preparava la nonna quando ero piccola.

Riapro gli occhi: nonna Paola è in piedi accanto ad Alex, ha le mani sporche di farina fino ai gomiti e sta stendendo un impasto col mattarello.

«Ricordati, ragazzo: quando ami qualcuno, devi lasciarlo libero. L'amore è semplice, come la ricetta dei biscotti: gli ingredienti sono il rispetto, la fiducia, la libertà e la dolcezza, e se vuoi pure un pizzico di follia, quanto basta. E la cosa bella è che, a differenza dei biscotti, non rischi l'indigestione. Perché il vero amore non fa mai male».

Alex apre la bocca per rispondere, ma invece delle parole dalle labbra gli esce un fiotto di petali di rosa rossi che si mettono a svolazzare per la cucina.

Uno mi si posa sulla guancia, e la nonna prende il cellulare per farmi una foto. «Ora la posto su Instagram», dice.

Poi Alex si alza e va a sedersi sul divano.

Guardo la nonna allibita, sono super confusa, ma che ci fanno tutti nella mia cucina? Ma la nonna non parla, mi fa solo un cenno col capo per invitarmi a seguire Alex.

Torno in salotto, e sul divano c'è Andrea con un cartoccio di patatine in mano.

Basta, è tutto troppo assurdo, rinuncio a capirci qualcosa.

«Maya, ma da quando ti piace il cinema francese?! Vedi che

frequentarmi ti fa bene? Elevo il tuo livello culturale!», ride, e io insieme a lui, anche se continuo a essere molto perplessa per tutta questa situazione.

«Però questo film lo conosco a memoria, ti dispiace se cambio canale?». Prende il telecomando e inizia a fare zapping. «Ecco, guardiamo questo talent, la presentatrice mi piace un sacco, è troppo simpatica!».

Sullo schermo c'è Sole, vestita con l'abito rosa del party di Clarissa. È su un palco, ammicca alla telecamera con disinvoltura e scherza con i giudici del programma.

Che sono il prof Rombi, la González e la Castagna, con la sua solita espressione antipatica.

Sole presenta il prossimo concorrente: «Sta per cantare una ragazza con un talento straordinario, una voce che vi conquisterà! Ed ecco a voi...», momento di silenzio, che fa salire la tensione, «Maya!».

E mi vedo salire sul palco con un magnifico vestito oro e nero, i capelli raccolti in un morbido chignon. Sono davvero elegante.

«Andrea, ma... ma quella sono io!», dico senza credere ai miei occhi.

«No, non sei tu, quella è Maya», ribatte lui serafico.

«Ma io...».

«Ssh!», mi zittisce lui. «Sta per cominciare!».

La ragazza sullo schermo, che poi sarei io, inizia a cantare *Cuore Corazza*. Ad accompagnarmi con la sua chitarra a tracolla, c'è Simone. Quando il pezzo finisce ci prendiamo per mano.

Come due innamorati.

Quando anche l'ultima nota sfuma, il pubblico esplode in un boato: è una standing ovation, sono tutti in piedi ad applaudirci, persino la Castagna si è commossa e tenta di nascondersi dalle telecamere per non farsi vedere in lacrime.

«Ah, che bomba questa canzone!», dice Andrea. «Lei è davvero bravissima, ha una personalità unica!».

«Ma Andrea... lei è Maya, e Maya sono io!», dico sempre più confusa. «Cioè, io sono lei!».

«No, non puoi essere tu», dice Andrea tranquillo sgranocchiando le patatine. «Ok, anche tu sei brava a cantare, ma non hai il coraggio di salire su un palco e donare la tua voce meravigliosa al mondo. Sei bloccata dalle tue paure».

«Andrea, guardami! Guardala!!! Io e quella ragazza siamo la stessa persona!», dico infervorandomi sempre di più.

«Non è possibile», continua a dire lui, calmissimo. «Tu non sei pronta ad affrontare un pubblico e a prenderti la responsabilità del tuo talento per farlo crescere. Per te è più facile nasconderti, e rinunciare al tuo sogno. Ma pagherai un prezzo molto alto».

«No, Andrea, te lo giuro, ho cambiato idea! *Io* sono cambiata! Ora sono pronta! Canterò *Cuore Corazza* allo spettacolo, non ho più paura! Ma dimmi che mi riconosci, per favore: io sono Maya! Io sono Maya! Io sono...».

22

Di colpo tutto diventa nero, dev'essere saltata la corrente. Poi la luce torna, e davanti a me c'è il viso preoccupato di mia madre.

«Mamma?! Ma che ci fai qui?».

«Maya! Finalmente ti sei svegliata! Continuavi a urlare il tuo nome... ma che cosa accidenti stavi sognando?».

Un sogno. Alex, la nonna, le rose, il talent... è stato tutto così assurdo. Mi sgranchisco un po' i muscoli per riprendermi, ma appena lo faccio fitte di dolore mi trapassano le ossa e la testa.

«Mi sa che non mi sento tanto bene», mormoro sconsolata.

La mamma mi appoggia delicatamente le labbra sulla fronte.

«Mi avevano avvisata da scuola, per quello sono tornata in anticipo. In effetti scotti, tesoro. Vado a prendere il termometro».

Mi misuro la temperatura, e ho trentotto e mezzo di febbre. È per questo che mi sentivo fisicamente uno straccio e ho fatto quel sogno simile a un'allucinazione.

«Tesoro, tranquilla che guarisci presto», mi rassicura la mamma. «È un virus di stagione, metà del mio ufficio è in malattia».

«Ah, allora me l'hai attaccato tu», la accuso con un sorriso. «Per farti perdonare questo mese potresti aumentarmi la paghetta...».

«Sei proprio mia figlia, Maya!», sogghigna lei. «Pure in queste condizioni hai voglia di scherzare! E no, la paghetta non te l'aumento, visto che già ti avevo portato a casa un regalo: i biscotti al cioccolato che ti piacciono tanto!».

E io, non so bene perché, scoppio a piangere. Ho avuto davvero una brutta giornata, ci mancava solo la febbre. E poi i biscotti mi ricordano lo strano sogno che ho appena fatto.

«Maya, amore, cosa succede? Sei in pensiero per la maturità? Ma i tuoi voti sono migliorati tantissimo, tranquilla che andrà tutto bene! O hai discusso ancora con papà?».

Mi abbraccia e mi tiene stretta a sé fino a quando i miei singhiozzi non si calmano.

«No, mamma, non è la scuola, e nemmeno papà... Ho litigato con Andrea», mormoro.

«È grave? Si può rimediare?».

«Non lo so», dico asciugandomi le ultime lacrime. «Ha fatto una cosa che non doveva fare, ma forse l'ha fatta per il mio bene... però sento che mi ha deluso».

«Maya, a volte le persone sbagliano anche se hanno le migliori intenzioni e ci deludono, però prima di rompere la vostra amicizia pensaci su... se gli vuoi molto bene come credo, forse potresti dargli un'altra possibilità».

«E io?», le chiedo.

«Tu cosa, Maya?».

«Se io ti deludessi. Se facessi una cosa che per te è sbagliata. Mi daresti un'altra possibilità?».

«Amore, mi sa che questa febbre ti sta facendo delirare», mi dice lei accarezzandomi dolcemente i capelli. «A meno che tu non faccia una rapina in banca perché non ti ho aumentato la paghetta, non potresti mai deludermi. Io voglio solo vederti felice, hai capito? Qualunque cosa tu faccia, qualunque persona tu scelga di essere, io sarò sempre al tuo fianco a sostenerti».

Le sue parole mi fanno piangere un'altra volta, ma queste sono lacrime di gioia.

«Ma... c'è un ma», puntualizza lei.

Ecco, lo sapevo, era troppo bello per essere vero.

«Potrai contare su di me per qualsiasi cosa, giorno e notte, tranne che...». Fa una pausa teatrale, mentre l'ansia inizia a salirmi.

«Tranne che per fare la spesa. Ho deciso che da questo momento ce la facciamo recapitare a domicilio, è troppo stressante andare al supermercato, sono ancora traumatizzata da settimana scorsa...».

«Cosa è successo?».

«Ho confuso il mio carrello con quello di una vecchia arcigna che poi mi ha rincorso per tutta la corsia dei sottaceti! Voleva tirarmi in testa una confezione di funghetti!».

Scoppio a ridere, e il peso che mi sono portata dietro a lungo si fa più leggero.

Mi pizzico leggermente la pelle del braccio: no, stavolta non sto sognando, è tutto vero.

E mentre mia madre fa la sua prima spesa online, ordinando per sbaglio venti sacchi di patate invece di due, io prendo un antipiretico e sonnecchio ancora un po' sul divano. Quando la mia sorellina torna a casa e vede che sono malata, mi porta di continuo tazze di tisana e biscotti.

Mi faccio coccolare e mi godo le attenzioni della mia famiglia.

Riaccendo il cellulare solo quando è sera e sono in camera mia, pronta per infilarmi sotto le coperte.

Ricevo così tante notifiche di chiamate e messaggi che temo che il telefono possa andare in tilt.

Alcuni dei miei compagni di classe mi hanno scritto per chiedermi come sto: sono piacevolmente stupita, pensavo che nemmeno si fossero accorti della mia esistenza, e invece mi sbagliavo.

La maggior parte dei messaggi sono di Clarissa, Sole e ovviamente Andrea.

Clarissa si informa sulla mia salute e mi comunica che la preside ha affibbiato una settimana di sospensione a Filippo... ho fatto un sogno premonitore!

Sole mi dice che a scuola si è scatenata la caccia alla cantante misteriosa e che dobbiamo a tutti i costi scoprire chi sia.

Mi manda anche un link di YouTube: qualcuno ha fatto un lyric video della mia canzone, e in poche ore è già terzo in tendenza!

Stento a credere ai miei occhi. Mio malgrado, sono diventata famosa.

I messaggi di Andrea sono quelli che leggo per ultimi: si scusa, dice che non voleva tradire la mia fiducia ma che non sapeva cos'altro fare per aiutarmi a superare le mie paure. *Lo so, ti ho buttato in mare aperto senza che tu sapessi nuotare,* scrive, *ma ricordati che io sono il tuo salvagente e che con me vicino non affogherai mai!*

Non sono ancora pronta a perdonarlo, perciò non gli rispondo.

Lo farò domani, sempre che la febbre sia passata.

Poi chiudo gli occhi e mi addormento, con in testa la melodia di *Cuore Corazza* e l'immagine di me e Simone che ci baciamo.

23

«Allora, come stai?».

È la prima volta che esco di casa dopo un sacco di tempo. La febbre, che sembrava passata dopo una maxi dose di antipiretico, è risalita di colpo, e sono guarita solo dopo una settimana.

Per precauzione sono rimasta altri tre giorni tappata in casa: mi sentivo un animale in gabbia, non vedevo l'ora di uscire.

A scuola sono rimasta indietro col programma e Sole mi ha fatto delle videochiamate ogni giorno per riassumermi le lezioni che mi sono persa.

Adesso sto passeggiando con Andrea al parco, e mi sento un po' debole, anche se le forze stanno ritornando piano piano. Per fortuna, perché la maturità si avvicina e io devo ancora finire la mia tesina.

Andrea, come sempre scherzando, ha detto che era il momento più adatto per vederci, dato che ancora non ho l'energia per stenderlo con un pugno dopo la storia dell'email a Sole.

«Adesso sto molto meglio. Ma quando la febbre è salita a trentanove, avevo le allucinazioni. Ho persino sognato di vincere un talent!».

Andrea ride. «Ah, ma lo vedi che anche quando sei malata in testa hai un solo pensiero? Stare su un palco! Quindi non è che ho proprio fatto una cazzata, dài, ammettilo...».

«No, Andrea, la cazzata l'hai fatta comunque, non sopporto quando le persone fanno le cose alle mie spalle», ribadisco. Su questo punto non transigo: pretendo sincerità dai miei amici più cari. «Però hai l'attenuante di avere agito con le migliori intenzioni e per il mio bene, questo lo devo riconoscere...».

In questi giorni a letto ho riflettuto moltissimo, e ho deciso di perdonare Andrea. Gli voglio troppo bene e ho bisogno della sua amicizia.

Anche perché ho preso una decisione importante, e il suo sostegno è prezioso.

«Quindi mi perdoni?».

«Sì, giusto perché mi hai mandato quel vassoio di pasticcini!», sghignazzo. Andrea mi ha fatto recapitare a casa un chilo di dolcetti della pasticceria più buona della città. Deve aver speso un capitale, e so quanta fatica faccia ad arrivare a fine mese, tra la retta dell'università e l'affitto. È stato davvero un gesto venuto dal cuore, a cui non potevo restare indifferente.

«Oddio, grazie!», e mi abbraccia fortissimo. «Senza la mia *best friend* la mia vita sarebbe orribile, questi giorni sono stati così tristi... che primavera è se non puoi passeggiare nel parco con la tua migliore amica, parlando di tutto quello che ti passa per la mente?».

«Non mi diventare troppo romantico, per favore, che non sono abituata!».

«Comunque, Maya, c'è un'altra cosa che devo dirti...».

«Oddio, cos'altro hai combinato?!».

«No, stai tranquilla, stavolta non ho fatto nulla. Volevo solo dirti che *Cuore Corazza* è davvero una delle canzoni più belle che abbia mai sentito, tu la canti benissimo e il testo ti calza addosso alla perfezione, come se fosse un abito confezionato su misura. Quel pezzo parla proprio di te, del tuo scudo eretto contro il mondo per paura di soffrire ancora... ma io l'ho visto cosa succede quando ti togli la corazza. Il tuo cuore è così luminoso e puro da illuminare anche chi ti sta vicino. E devo dirti anche un'altra cosa...».

«Oddio, Andrea, cosa? Ho sempre paura delle tue rivelazioni...».

«Il tuo pezzo è diventato virale sui social, è stato condiviso da migliaia di persone. L'ha ascoltato anche Simone...».

Appena Andrea pronuncia il suo nome, il mio cuore inizia a battere forte. E non sento più quello che mi sta dicendo.

Simone. Simone. Simone. Devo scacciarlo dalla mia mente, ma più mi sforzo a farlo e più finisco per pensarci.

«Ha detto che è una canzone meravigliosa, e che se lui fosse un produttore investirebbe sul tuo talento».

«Davvero? Sono contenta, la sua opinione per me conta tantissimo...», dico in preda all'emozione. E poi mi sforzo di fare una domanda che mi costa davvero molto: «Come sta?».

Se sta bene vuol dire che non gli manco per niente. Ma non vorrei mai che lui stesse male... perciò non so quale sia la risposta che desidero di più.

«Mi ha raccontato quello che è successo tra di voi... Ed è ancora confuso. Tormentato. Non sa cosa fare».

Intravedo uno spiraglio, un briciolo di speranza. Forse potrei scrivergli. Forse se in questo momento è combattuto potrei proporgli di vederci, cantare ancora con lui, provare a baciarlo ancora, farlo innamorare di me... ma poi mi ricordo del sogno, e delle parole di mia nonna.

Se ami qualcuno devi lasciarlo libero. Se Simone tornerà significa che avrà fatto la sua scelta senza condizionamenti o pressioni. Non voglio forzare una situazione già abbastanza complicata.

«Comunque», svia il discorso Andrea vedendomi turbata, «non è necessario che questa storia dell'email a Sole abbia un seguito. La cantante misteriosa rimarrà misteriosa, e in breve tutti se ne dimenticheranno... anche perché tra poco ci sono pure gli esami, avrete tutti altro a cui pensare... e per quanto riguarda lo spettacolo, tu potrai tranquillamente continuare a occuparti del food, Sole mi ha detto che coi tuoi tramezzini speciali hai conquistato la preside!».

Immagino lo spettacolo ormai imminente, il palco allestito nel campo da basket esterno, le esibizioni che si susseguono, tutti che mostrano il proprio talento e si godono gli applausi del pubblico... e io nell'angolo a farcire tramezzini.

Questo non è di sicuro un incubo, ma è lontano anni luce dal mio sogno. E ora so che ho il coraggio di lottare per ciò che desidero.

Non voglio più rimanere in un angolo nell'ombra, io voglio tirare fuori tutta la luce che ho dentro e brillare.

«Andrea, ho deciso di esibirmi», dico senza esitazione.

Ma lui non mi sente e va avanti col suo discorso.

«Che poi sì, certo, è un peccato che tu non canti allo spettacolo, ma sappi che mi sono già preso un giorno di ferie per assaggiare quello che preparerai...».

«Andrea, puoi tacere un secondo, per favore?», lo rimprovero con un sorriso. «Guarda che ho deciso di cantare!!!».

Lui si ferma, si gira verso di me, ha gli occhi sgranati in un'espressione di assoluta sorpresa.

«Oddio! Cosa? Come? Quando? Grande!!! Lo sapevo, lo sapevo, sei troppo brava tesoro!». Mi abbraccia fortissimo, quasi non riesco a respirare.

«Andrea, lasciami, mi stai soffocando!», protesto ridendo.

«No, non ti lascio più Maya, io ti adoro!», ride Andrea.

«Ma guarda che scenetta commovente», dice una voce dietro di noi.

Una voce che mi è familiare e che mi fa gelare il sangue nelle vene.

Mi sciolgo dall'abbraccio con il cuore che batte all'impazzata e mi volto.

Davanti a me c'è Alex. I suoi occhi sono pieni di tenebra come una notte d'inverno.

«Ciao Maya. Che piacere rivederti, in così dolce compagnia poi...», dice ironico.

In bocca mi sale un sapore amaro, un misto di paura e rabbia.

«Che ci fai qui, Alex?».

E come ha fatto a trovarmi? So che Chiara non mi avrebbe mai tradita... quindi come faceva a sapere dov'ero?

«Maya, Maya», sentirlo pronunciare il mio nome mi fa venire voglia di urlare. «Tu mi sottovaluti. Ti ricordi quando hai traslocato e hai pubblicato quel selfie di famiglia su Instagram?».

Non gli rispondo, ma me lo ricordo benissimo. Era un selfie con mamma e Agnese davanti al nostro nuovo palazzo. Ma come ha fatto lui a vederlo?

«Non mi guardare così», dice lui con tono piatto. «So benissimo che hai il profilo chiuso e che mi hai bloccato, però non ci vuole molto a farsi un account fake... magari fingendosi una piccola etichetta discografica».

Comincio a capire tutto, e mi sento male.

«Sì, Maya, sono mesi che ho libero accesso al tuo Instagram, ho visto tutte le tue foto. Non ne hai pubblicate molte, ma quelle poche sono bastate per farmi capire dov'eri. Ho ingrandito quel selfie con tua mamma e tua sorella, e sai che c'è? Hai inquadrato anche il cartello col nome della via».

Ma come ho potuto essere così imprudente, come?

«Quindi ho cominciato a... diciamo *bazzicare* la tua zona. Volevo assicurarmi che stessi bene e non ti succedesse nulla».

Di colpo mi ricordo di quella sera dopo il karaoke con Andrea, quando mi è sembrato di vedere qualcuno appostato nell'ombra sotto casa mia...

«Diciamo pure che hai cominciato a pedinarmi, Alex», sibilo. «Abbi il coraggio di chiamare le cose col loro nome».

«Per un paio di volte che ti ho seguita... non fare tutto questo dramma!».

«Io ti denuncio, Alex. Hai finito di rovinarmi la vita», dico decisa.

«Sei la solita esagerata! Mica ti ho fatto niente! E poi regalare delle rose alla ragazza che ami non è ancora un reato, no?».

La verità mi colpisce come un pugno.

«Allora eri tu... sei sempre stato tu», mormoro.

È tutto talmente sconvolgente che non voglio crederci.

«Certo che sono sempre stato io, sin dalla prima rosa che ho lasciato sulla macchina di tua madre per augurarti buon primo giorno di scuola. Chi altro pensavi che fosse? Questo smidollato che ti sei trovata per rimpiazzarmi?».

Indica Andrea con un cenno sprezzante della testa.

«Da quanto tempo state insieme?», chiede arrogante.

Non ha capito che io e Andrea siamo soltanto amici, ma non ho intenzione di dirglielo. Deve solo andarsene dalla mia vita e lasciarmi in pace una volta per tutte.

«Non sono affari tuoi», interviene Andrea. «Vattene, Alex, per favore».

«Ma sentilo, Mister Pallone Gonfiato che mi invita ad andarmene!», ride Alex. Poi ritorna serio e lo guarda con cattiveria: «No, sei tu che te ne devi andare. Maya è mia».

Sei mia, Maya. Questa frase l'ho sentita fino alla nausea, e a un certo punto mi sono persino convinta che fosse vero. Io ero sua, quindi poteva fare di me ciò che voleva, persino maltrattarmi. Ma ora le cose sono cambiate.

La mia rabbia esplode, ed è più forte dello spavento. Non ho più paura di lui.

«Io non sono tua, Alex. Non lo ero nemmeno quando stavamo insieme, e non lo sarò mai. Mi devi lasciare in pace!».

«Ti ho mandato le rose il 19 di ogni mese, l'anniversario del nostro primo bacio, te lo sei scordato? Non lo capisci che ti amo ancora e che ti ho coperto di rose per riconquistarti?».

«Di te mi ricordo solo le litigate, le urla, gli schiaffi. Alex, mettitelo bene in testa, è finita. Io non ti amo più, e ho smesso di amarti nel momento in cui ho iniziato a volermi bene e a prendermi cura di me stessa. Smettila di pedinarmi e di spiarmi sui social. Non ho più intenzione di cambiare numero di telefono, ma se mi dovesse arrivare un tuo messaggio o se ti vedo un'altra volta sotto casa mia corro a denunciarti. E stavolta giuro che lo faccio».

Mentre parlo sento crescere dentro di me la determinazione e il coraggio.

Qualcosa nel mio sguardo di fuoco lo convince a credermi, poi Andrea rincara la dose: «Tanto perché tu lo sappia, Alex, sono un avvocato. E in caso di maltrattamenti, per avviare l'indagine basta la segnalazione di una persona vicina alla vittima. Quindi o te ne vai e sparisci per sempre, o chiamo subito la polizia».

«Uh, che paura. Me la sto facendo sotto», dice Alex imitando una vocina da bambino.

«Ok, l'hai voluto tu», dice Andrea tirando fuori il cellulare dalla tasca e iniziando a comporre un numero.

«Oh, che cazzo fai?», Alex gli strappa il telefono dalle mani. Poi lo getta a terra e lo calpesta.

«Bel tipo che ti sei trovata, Maya», dice avvicinandosi a me con aria minacciosa.

«Lasciala stare!», urla Andrea gettandoglisi addosso. Lo fa cadere, e i due rotolano a terra prendendosi a pugni.

Io osservo inorridita la scena, Andrea perde i sensi, urlo con tutta la voce che ho in corpo.

Alex si rialza a fatica e viene verso di me con gli occhi pieni di tenebra.

«Maya, io ti amo. E ora staremo insieme per sempre», mormora con le labbra spaccate.

Allunga un braccio per afferrarmi, e io chiudo gli occhi, singhiozzando, sono in trappola, non posso scappare e sto per riprecipitare nel buio, nel buco nero, nella spirale della sua violenza, quando sento una sirena e il rumore di una frenata.

«Ehi, tu! Che cosa stai facendo?».

Riapro gli occhi di colpo. Davanti a me c'è una volante della polizia, un poliziotto è chino su Andrea e gli tasta il polso, mentre l'altro si rivolge a Alex.

«Cosa sta succedendo qui? Perché la ragazza è così spaventata?», chiede.

Leggo lo spavento negli occhi di Alex, guarda confuso prima me e poi il poliziotto, non sa cosa fare.

Poi si gira e inizia a correre verso l'uscita del parco, inseguito dai due poliziotti.

Dopo aver attraversato il cancello, scompare dalla mia vista.

Spero che scompaia per sempre anche dalla mia vita.

Sto tremando, sono ancora sconvolta. Mi avvicino ad Andrea, per fortuna si sta riprendendo, ha solo il naso un po' gonfio ed è ancora stordito dai pugni.

Mi tiene stretta mentre lavo via tutto questo dolore con un pianto irrefrenabile.

Poi andiamo in un bar, ci sediamo in un dehors e ordiniamo un tè caldo. Lui si mette del ghiaccio sul naso per contenere il livido, non è rotto e non vuole andare al pronto soccorso.

Nessuno dei due ha molta voglia di parlare di quello che è accaduto, ci basta la presenza reciproca per confortarci.

Poi Andrea mi accompagna a casa, ma prima di salutarlo voglio fargli una domanda.

«Andrea, ma da quand'è che sei così esperto di violenza sulle donne?».

«Se quello stronzo del tuo ex non ci avesse rovinato il pomeriggio te l'avrei raccontato. Sto frequentando un ragazzo, si chiama Daniele e fa l'avvocato... Maya, non vedo l'ora di presentartelo! Mi piace proprio tanto... e sento di piacergli anche io. Comunque, dopo che al tuo compleanno ci hai parlato di quello che hai passato col tuo ex, sono diventato più sensibile all'argomento, e al primo appuntamento l'ho tempestato di domande per capire cosa fare in caso di maltrattamenti, così da poter dare i giusti consigli a chi si trova in una situazione del genere».

«Non so cos'avrei fatto senza di te oggi», mormoro, grata.

«Gli amici servono a questo, no? Ma ti assicuro che te la saresti cavata benissimo anche da sola: ho visto come gli tenevi testa! Sono molto orgoglioso di te, Maya», continua. «Hai attraversato l'inferno, e sei diventata una guerriera».

«Non farmi commuovere», lo minaccio scherzosamente, «che per oggi ho già pianto abbastanza!».

«D'accordo», dice lui. Mi dà un bacio sulla fronte e fa per andarsene. «Ma sappi che se ti servisse un vero avvocato, ne ho uno bravissimo e anche bellissimo a tua disposizione».

24

È sabato sera, e mia madre eccezionalmente – e dopo diecimila raccomandazioni – mi ha lasciato casa libera per il weekend: lei e Agnese sono andate a trovare nonna Paola.

In realtà è come se non se ne fosse mai andata, perché mi manda messaggi ogni tre minuti per sapere se va tutto bene.

È diventata iper ansiosa da quando le ho raccontato tutto di me e di Alex, non volevo più nascondergielo. Ha pianto, si è sentita una pessima madre per non aver intuito nulla e io ho dovuto convincerla che lei è la mamma migliore del mondo, e se non si è accorta di niente è solo perché anche lei stava passando un momento complicato.

Non so cosa ne è stato di Alex dopo l'inseguimento della polizia, ma non me ne importa niente. Voglio solo voltare pagina e ricominciare.

Quando avviso mamma che Sole e Andrea stanno arrivando per cena, mi concede una piccola tregua: *Salutameli tanto, e fate i bravi. Ti chiamo dopo*, scrive.

Il suo "dopo" non durerà più di un'ora e mezza, però me lo faccio bastare per respirare un po' e soprattutto per apparecchiare la tavola.

Stasera non avevo troppa voglia di cucinare: ho solo preparato degli antipastini sfiziosi, poi ordineremo una pizza. Nel forno però c'è in caldo una crostata di ciliegie che ho fatto nel pomeriggio.

Finalmente il campanello suona: sono arrivati. Appena apro la porta, vengo investita da un meraviglioso profumo di pizza.

«Avevamo troppa fame, non ce la facevamo ad aspettare, l'abbiamo portata noi!», dice Sole salutandomi con due baci sulla guancia.

«E qui ci sono le birre», dice Andrea reggendo in alto un sacchetto pieno di bottiglie.

«Ragazzi, siete favolosi!», dico. «Allora accomodatevi!».

Ci mettiamo seduti in cucina, stappiamo le birre e ci mettiamo a mangiare la pizza, scambiandoci fette tra di noi senza mai smettere di chiacchierare, pure con la bocca piena.

Sole non fa altro che parlare della cantante misteriosa: al liceo sono impazziti per lei, tutti si chiedono chi sia, gli studenti cantano *Cuore Corazza* e scrivono sui muri i versi della canzone.

«Insomma, nessuno conosce la sua identità ma con 'sto pezzo ha spaccato! Spero solo che non sia un fake, ci rimarrei malissimo... comunque la mia posta elettronica è di nuovo intasata da primine invasate che fingono di essere la cantante misteriosa!».

Ci fa vedere un video che le hanno mandato: una ragazza completamente vestita di scuro canta *Cuore Corazza* con una maschera in volto, ma ha la voce stridula ed è completamente fuori tempo; sembra addirittura una parodia. Le sue movenze mi ricordano qualcuno che però non riesco a mettere bene a fuoco.

«Oddio, ma che orrore! Non si possono proprio sentire!», dice Andrea.

«Ragazzi, vi devo dire una cosa», dice Sole serissima appena abbiamo finito di mangiare la torta.

«Ehm, in effetti anche noi...», dice Andrea. Ma Sole non lo ascolta e prosegue imperterrita: «Ho fatto una cosa che non dovevo fare...».

«Oddio, Sole, che hai combinato?», dico io preoccupatissima.

«Sono andata a spiare Adam su Instagram e... l'ho visto con un'altra». Gli occhi le diventano lucidi e la voce le si incrina.

«Dài, magari sono solo amici...», provo a suggerire.

«Due amici che si baciano?», dice lei sarcastica.

«Be', in effetti...», sono costretta ad ammettere.

«Sole, non devi mai, mai e poi mai spiare i profili social dei tuoi ex, sennò finisci per rovinarti la vita!», la ammonisce Andrea in tono saggio.

«Andre, hai ragione, ma è stato più forte di me! E adesso sono presa malissimo, cosa devo fare?».

Io e Andrea ci scambiamo uno sguardo d'intesa. È arrivato il momento. Afferro il cellulare e faccio partire una videochiamata.

«Ma Maya, che amica sei? Ti sembra questo il momento di fare una telefonata? Io sono depressa e ho bisogno di te!».

Le piazzo il telefono davanti alla faccia. Sullo schermo compare Rick Rich. I suoi denti d'oro scintillano.

Poi, mentre Sole continua a fissarlo senza riuscire a spiccicare una parola, Rick Rich parte a cantare e le dedica una serenata trap: un pezzo originale, composto solo per lei.

Poi, finita la canzone, Rick dice a Sole: «Baby, sono tornato single, vuoi uscire con me?».

Sole non capisce più nulla, è super emozionata, e balbetta a fatica un: «Sì, ma certo!».

La videochiamata si conclude con uno scambio reciproco di numeri di telefono e la promessa di vedersi prestissimo.

«Ma allora la vita non fa così schifo!», esclama Sole facendo una giravolta su se stessa stringendosi il mio telefono al cuore. «Raga, non ci posso credere! Grazie per avermi organizzato questa sorpresa! Ora non mi importa più nulla della nuova tipa di Adam, che poi è pure bruttissima! Ma come vi è venuta? Mica è il mio compleanno!».

«In realtà c'è una cosa che dobbiamo dirti, Sole, e questo era il nostro modo di farci perdonare per aver deciso di parlartene soltanto adesso...», dico.

«Oddio, Maya! Tu e Andrea siete impazziti e vi siete fidanzati?».

«Ma no, cosa dici!», sghignazza Andrea.

«Siediti sul divano e chiudi gli occhi, Sole, e poi ti spiego tutto», dico io.

Sole bofonchia che non ci sta capendo nulla, ma mi obbedisce.

Poi Andrea mi dà una gomitata e mi sussurra: «Vai!».

Io corro in camera mia a prendere la chitarra e torno in salotto. Andrea ha già spento tutte le luci e ha acceso un paio di candele per creare l'atmosfera.

Posso iniziare il mio primo *live unplugged*.

Prendo un respiro, pizzico le corde della mia amata chitarra. E poi inizio a cantare *Cuore Corazza*.

Al secondo verso Sole capisce tutto e apre gli occhi. Ma non dice nulla e mi lascia cantare senza staccarmi gli occhi di dosso: quando anche l'eco dell'ultima nota si spegne, vedo che una lacrima le solca il viso.

Se la asciuga velocemente con la manica del maglione e in un attimo torna la Sole adrenalinica ed entusiasta di sempre.

«Maya, ma allora sei tu la cantante misteriosa!!!», strilla. «Dovrei essere arrabbiatissima con te visto che non mi hai detto nulla finora... sono giorni che mi sto scervellando per scoprire la sua identità! Oddio, è tutto surreale, pare di essere in una serie tv! Ma come faccio ad avercela con te se mi basta ascoltarti tre secondi per commuovermi come una teenager?».

«Ma tu sei una teenager, Sole», puntualizza Andrea.

«Uff, come sei pignolo, tu stai sempre lì a cercare il pelo nel pagliaio!», protesta lei.

Io e Andrea sorridiamo all'ennesimo strafalcione della nostra amica. Come faremmo senza di lei, che confonde il pelo nell'uovo con l'ago nel pagliaio facendoci morire dalle risate? Le vogliamo bene esattamente così com'è, con i suoi errori di grammatica e il suo cuore enorme, e non vorremmo cambiasse mai.

Poi Sole si alza dal divano e mi abbraccia fortissimo.

«Maya, hai una voce pazzesca, sei meglio di... di Lady Gaga!!!».

«Be' grazie, ma adesso non esageriamo, ne ho di strada da fare... Comunque perdonami, Sole, so che dovevo parlartene prima, ma non mi sentivo pronta... poi con tutto quello che è successo ultimamente...».

«Non ti preoccupare, Maya, l'importante è che quella brutta storia col tuo ex si sia chiusa per sempre», dice lei. E poi mi chiede, con una scintilla maliziosa nello sguardo: «E adesso ti senti pronta?».

«Sì», affermo con decisione. Non mi sono mai sentita così pronta in vita mia.

«Bene. Perché ho appena deciso che sarai tu a chiudere lo spettacolo. Sarà un finale col botto!».

25

È un inizio di giugno meraviglioso, l'estate è scoppiata in anticipo. Nel cielo si rincorrono nuvole candide e soffici e il sole riscalda la pelle.

Non poteva esserci giornata migliore per lo spettacolo di fine anno: nei giorni scorsi ha piovuto molto, e tutta la scuola era terrorizzata all'idea di doversi esibire in palestra, che è piccola e ha una pessima acustica.

Invece per fortuna il tempo è migliorato e la preside in tutta fretta ha fatto montare il palco all'aperto e ha allestito i tavoli per il buffet.

Ieri sera sono stata a scuola fino a tardi a preparare gli antipasti, e ora le mie creazioni sono in bella mostra sui vassoi: oltre ai tramezzini con cetrioli e salmone tanto apprezzati dalla preside Iena, ho preparato un sushi di zucchine con parmigiano e mortadella, degli involtini di melanzane, pomodorini e pistacchi e del carpaccio di mozzarella con peperoni e acciughe. Insomma, c'è da leccarsi i baffi: Aurora mi ha fatto i complimenti e, in una sorta di investitura medievale col mattarello al posto della spada, mi ha nominata "gran cavaliera degli antipasti".

Ho voluto mantenere il mio incarico all'interno della squadra food perché nessuno, tranne ovviamente Sole, sa che mi esibirò.

Sole ha condiviso online il programma dello spettacolo, e in chiusura, dopo l'esibizione di Clarissa col suo gruppo, ha scritto solo «gran finale con sorpresa», scatenando la curiosità di tutti e ha tenuto la bocca cucita persino col prof Rombi, che oggi per l'occasione ha uno smoking con papillon arcobaleno.

Non l'ho mai visto vestito così bene, ma oggi sono tutti un po' in tiro.

Tranne me: non voglio attirare l'attenzione fino a quando

non salirò sul palco, quindi ho il mio solito outfit, camicia leggera e sneaker rosa.

Stamattina però sono arrivata prestissimo e ho nascosto il borsone con il cambio e la chitarra nel bagno del terzo piano, dove non va mai nessuno. Adesso sono solo le dieci, lo spettacolo deve ancora iniziare e ho già un sonno pazzesco, perché stanotte avrò dormito sì e no tre ore.

Sono agitatissima e super emozionata. Chissà cosa penseranno tutti quando scopriranno che la cantante misteriosa sono io. È la prima volta che avrò così tanti occhi addosso, spero che le gambe non mi tremino ma soprattutto che non mi tremi la voce.

Non posso bere un altro caffè che sennò il cuore mi schizza fuori dalla cassa toracica.

Devo calmarmi, devo calmarmi, devo calmarmi, mi ripeto come un mantra, devo calmar...

«Maya!», mi corre incontro Sole. «Sono tesissima! E tu? Sei nervosa? Non hai l'ansia a bomba? Ti ricordi tutte le parole della canzone? Non te le vuoi scrivere sulle mani? Così se vai in panico e hai il vuoto in testa le puoi leggere! Oddioooo, è il giorno più emozionante della mia vitaaa, adoro!».

«Sole, sarà anche l'ultimo giorno della tua vita se non la smetti di farmi agitare ancora di più».

«In che senso?».

«Nel senso che se non la smetti ti strangolo».

«No, Maya, ti prego, sono troppo giovane per morire. E poi stasera devo uscire con Rick Rich, quindi devo restare viva a tutti i costi».

«D'accordo, questa volta te la cavi», sorrido. Poi chiedo: «Ma è tutto a posto per la mia esibizione? Qualcuno sospetta qualcosa?».

«No, vai tranquilla. Dopo che è girata la notizia del motivo della sospensione di Filippo, tutta la scuola ha parlato solo di quello e la cantante misteriosa è passata in secondo piano. Lascerai tutti a bocca aperta, amica!».

Filippo non è più tornato, darà gli esami da privatista in un altro liceo di ricchi. Coi suoi soldi potrà pure comprarsi la maturità, ma non il rispetto delle persone: i suoi amici qui gli hanno fatto il vuoto intorno.

Sappiamo anche che c'è stata una litigata furibonda tra suo padre, che riteneva la sospensione un provvedimento troppo severo, e la preside Iena, che però non ha ceduto di un millimetro nonostante si sia giocata i finanziamenti per la squadra di basket.

Si è guadagnata tutta la mia stima, anche se ormai mi sono rassegnata a sentirmi chiamare «Mara», non c'è verso di farle entrare in testa il mio vero nome.

Sole mi dà l'in bocca al lupo insieme a un bacio sulla guancia e corre a dare le ultime disposizioni agli artisti: lo spettacolo sta per iniziare.

La banda della scuola intona una marcia allegra, e la prima a salire sul palco è proprio la preside Iena, fasciata in un tailleur rosa shocking: quella donna non finisce mai di stupirmi!

Dà il benvenuto a tutti – stanno arrivando anche i familiari e gli amici degli artisti a fare il tifo – e si prepara a fare il suo solito discorso.

Gli studenti, ben sapendo che generalmente non dura meno di quaranta minuti, si accasciano sul prato già semisvenuti, ma la preside ci sorprende con un intervento breve ma efficace, che ha una chiusura commovente: «Purtroppo di recente anche in questa scuola si sono verificati spiacevoli episodi di violenza. Il responsabile ha pagato per le sue azioni, e mi auguro che da questo momento in poi cose di questo tipo non accadano mai più. Voglio dire a tutti i ragazzi qui riuniti che la vera forza risiede nella gentilezza, e che non devono mai avere paura di mostrarsi fragili: la fragilità è un dono prezioso, e sarà la tenerezza dei vostri gesti e delle vostre parole a rendervi veri uomini. E alle ragazze dico: non abbiate timore di parlare con noi adulti, siamo qui per ascoltarvi e sostenervi sempre. Portate nel mondo la vostra dolcezza e la vostra forza, e lo renderete un posto migliore. E non rinunciate mai a lottare per quello in cui credete e per i vostri sogni!».

Queste parole toccanti vengono accolte con un boato e con un applauso lunghissimo.

«E ora, diamo inizio allo spettacolo!», conclude la preside raggiante.

Sole sale sul palco in veste di presentatrice e annuncia la prima esibizione: la pièce teatrale delle Disgrazie, che è un libero adattamento della commedia di Shakespeare e che è stata ribattezzata *Le tristi comari*. D'altronde dalle tre dark del liceo non ci si poteva aspettare molta allegria.

La compagnia è ovviamente tutta vestita di nero, e il dramma portato in scena sarà pure rivoluzionario ma è totalmente incomprensibile: gli attori parlano in sette lingue diverse, si muovono come robot per contestare un mondo sempre più in balia della tecnologia, e anche se il tentativo di fare denuncia sociale è lodevole, il risultato è un'accozzaglia confusa di parole e movimenti a caso.

Questo strazio dura più di mezz'ora, e oltre al prof Rombi solo tre studenti riescono ad arrivare svegli alla fine della rappresentazione.

Sole, pure lei visibilmente provata, chiede, soffocando uno sbadiglio, un bell'applauso per gli attori, ma dato che il pubblico non reagisce passa velocemente alla seconda esibizione.

Atena però non vuole lasciare il palcoscenico, e c'è un buffo siparietto in cui Sole è praticamente costretta a prenderla di peso per allontanarla: la leader delle Disgrazie non intende comunque accettare l'insuccesso e grida: «Sono un genio incompreso!».

La sua battuta viene accolta da un coro di fischi.

Sole non fa una piega per il fuoriprogramma e annuncia con enfasi: «*The show must go on!*», con una pronuncia perfetta che rende orgogliosa la prof Capobianco.

Le esibizioni si alternano sul palco a ritmo vertiginoso, quasi a compensare l'inizio soporifero: c'è una band rockabilly che ci fa ballare tutti, tanto che persino la Castagna si lascia andare e coinvolge il prof di matematica in una danza scatenata; c'è una ragazza di terza che imita Nicki Minaj; ci sono studenti cervelloni che presentano app futuristiche...

Insomma, ce n'è per tutti i gusti, lo show è variegato e divertente, Sole è stata bravissima a studiare una line-up che alterna artisti più coinvolgenti ad altri più "statici".

Io mi godo tutte le esibizioni dal mio angolino, dove starò ancora per poco.

L'ansia e mille emozioni si fanno strada dentro di me, le tengo a bada respirando col diaframma.

A un certo punto una ragazza con un cappuccio nero fa irruzione sul palco con un megafono e strilla: «Sono io la cantante misteriosa!». Poi si mette a cantare *Cuore Corazza*.

Il mio stomaco si contorce dal fastidio: quella è la mia canzone!

Ma subito la ragazza viene coperta di fischi: è stonatissima e non si ricorda nemmeno le parole giuste. Anche in questo caso Sole interviene per invitarla a scendere dal palco; la ragazza prima di obbedirle urla: «Io sono una vera artista, questa è pura avanguardia, e voi siete solo degli ignoranti!», poi si toglie il cappuccio. È Atena!

Ecco chi era la ragazza incappucciata nel video che mi aveva mostrato Sole...

Povera Atena, mi fa un po' tenerezza, lo spettacolo doveva essere il suo momento di gloria e invece è stato un fallimento su tutti i fronti... ma almeno la prossima volta sarà meno presuntuosa.

Dopo questa interruzione lo spettacolo si ferma per una pausa ristoratrice e il buffet viene preso d'assalto.

Tutta la squadra food riceve molti complimenti, la González continua a ripetere: «*¡Ay, qué rico!*», riempiendosi più volte il piatto, e quando lo spettacolo riprende e tutti si affollano di nuovo sotto il palco, sembra ci sia stata un'invasione di locuste: sui vassoi sono rimaste soltanto briciole.

Io e Aurora ci guardiamo e ci battiamo un cinque alto, poi ci abbracciamo: missione compiuta!

Lo spettacolo sta volgendo alla fine: mancano solo poche esibizioni, devo iniziare a prepararmi.

Corro al terzo piano a cambiarmi e a recuperare la chitarra: il liceo è completamente deserto, sono tutti fuori, e camminando nei corridoi riesco quasi a sentire l'eco dei miei passi.

Mi sento l'unica sopravvissuta a una catastrofe: in effetti sono sì una sopravvissuta, quest'anno è stato un ottovolante di emozioni, e ci sono stati anche momenti difficilissimi, ma non posso dire che sia stato tutto una catastrofe.

È stata un'avventura, che mi ha fatta crescere tantissimo. Mi sono scoperta coraggiosa: anche solo sei mesi fa non avrei mai pensato che sarei stata capace di salire su un palco e cantare davanti a un pubblico... e invece adesso sto per farlo.

Mi sento un po' come il leone codardo del *Mago di Oz*, il libro che la mamma mi leggeva sempre quando ero piccola per farmi addormentare: ha vissuto mille avventure credendo di essere paurosissimo, per poi scoprire alla fine che il coraggio lo ha sempre avuto dentro di sé, doveva solo rendersene conto.

Mi fiondo nel bagno, recupero il borsone e mi cambio al volo: in un negozietto sotto casa ho trovato un bellissimo abito oro e nero. Mi tiro su i capelli in un morbido chignon alto.

Mi guardo allo specchio: sono esattamente come nel mio sogno.

Ed è ora che quel sogno si trasformi in realtà.

Prendo la chitarra ed esco dal bagno.

Ma c'è qualcosa in fondo al corridoio, o meglio qualcuno. Una sagoma scura che mi sembra stranamente familiare...

Il cuore comincia a battermi all'impazzata. Le gambe mi tremano.

La sagoma si muove verso di me, si fa sempre più vicina...

E io quegli occhi li riconoscerei tra mille. No, tra un milione.

«Ciao, Maya», dice.

«Ciao, Simone».

Ci guardiamo, e il tempo si dilata all'infinito per poi fermarsi. I rumori dello spettacolo sono un suono lontanissimo, ovattato, sento solo il battito del mio cuore.

«Che ci fai qui?», mormoro, mentre le mie labbra si aprono involontariamente in un sorriso.

Sono pronta a scommettere che ci sia lo zampino di Andrea. Ma stavolta sono troppo contenta che abbia detto a Simone dello spettacolo, e della mia decisione di esibirmi.

«Sono qui per te. Ho finalmente capito quello che voglio. Voglio te, Maya».

«E Luana?».

«Ci siamo lasciati. Le cose andavano male già da un po', litigavamo spesso e ci stavamo trascinando, non potevo più ignorare quello che ho provato quando ti ho incontrata». Sollevo la mano per accarezzargli il viso, sento il morbido della guancia e il ruvido della barba.

Lui mi prende delicatamente la mano, se la porta alla bocca per baciarla e poi se la appoggia sul cuore.

Batte allo stesso ritmo del mio.

E all'improvviso le sue labbra premono sulle mie.

Quando ci stacchiamo ho la voce roca: «Devo andare», dico.

«Sì, lo so», ribatte lui un po' dispiaciuto. «Non vedo l'ora di sentirti cantare dal vivo. La tua canzone è straordinaria: testo, arrangiamento, melodia... è tutto perfetto. Sei una vera artista, Maya».

«Grazie. La tua opinione conta molto per me».

«E ti giuro che questo è un parere obiettivo, che non è minimamente influenzato dal fatto che non faccio altro che pensarti...».

Il mio cuore scalpita di felicità.

«Sarò lì sotto a fare il tifo per te. Ora vai che è tardi, sali su quel palco e fai vedere a tutti chi è la vera Maya, quella che si nasconde dietro la corazza».

Mi sporgo dalla finestra che affaccia sul campo da basket e vedo che il gruppo di Clarissa ha quasi finito l'esibizione.

«Oddio, devo proprio correre!».

«In bocca al lupo!», mi grida lui mentre, reggendo l'orlo del vestito con una mano e la chitarra con l'altra, mi precipito giù per le scale.

Appena raggiungo il cortile, catalizzo gli sguardi di tutti. Nessuno è abituato a vedermi così.

Si girano a guardarmi, con un'espressione stupita e un po' confusa.

Mi sento diversa, *sono* diversa, e non è soltanto una questione di outfit. Sono finalmente me stessa. Splendo. E mi sento incredibilmente viva.

Quando si spegne l'applauso per Clarissa e il suo gruppo, Sole sale di nuovo sul palco, mi nota in mezzo alla folla e mi fa l'occhiolino, poi prende il microfono e dice: «Vi avevo promesso un finale spettacolare, e lo avrete. Negli ultimi tempi a scuola è girata una bellissima canzone, *Cuore Corazza*, cantata da una ragazza misteriosa, dal talento straordinario. Questo pezzo è piaciuto così tanto a tutti che qualcuno ha persino finto di essere lei», e qui il pubblico, pensando alla performance rovinosa di Atena, esplode in una risata, «ma con pessimi risultati, come abbiamo potuto vedere giusto poco fa. Ma noi non sappiamo cosa farcene dei fake quando possiamo avere l'originale. Sì, perché la cantante misteriosa è tra noi, e ha un nome e un cognome!».

Il pubblico inizia a mormorare, il brusio cresce d'intensità, le mie ginocchia cominciano a tremare.

Sole fa una pausa a effetto, aspetta che il bisbiglio cessi e poi riprende a parlare: «Signore e signori, ecco a voi la cantante misteriosa, l'unica e inimitabile: Maya Ferreri!».

Il cuore mi batte così forte che sta per esplodere, ho i muscoli irrigiditi e solo con uno sforzo di volontà impongo alle mie gambe di salire i gradini che mi portano sul palco.

Appena arrivo al centro del palcoscenico sono accolta da un silenzio di piombo. Tutti gli occhi sono puntati su di me, in attesa.

Armeggio con la chitarra, me la sistemo bene sulla spalla. Poi alzo il viso per abbracciare il pubblico, il *mio* pubblico, con uno sguardo.

In prima fila vedo mamma, Agnese e nonna Paola, tutte e tre emozionatissime.

Quando ho deciso di esibirmi non ho resistito e ho confessato a mamma il mio segreto. Lei era sbalordita, non avrebbe mai pensato che la sua timida e insicura Maya nascondesse un sogno così grande. Le ho cantato la mia canzone ed è scoppiata in lacrime. Mi sono sentita leggera come una piuma, ora anche lei sa cosa mi fa sentire davvero viva. Lì vicino intravedo Andrea, accanto a lui c'è un ragazzo che non ho mai visto, dev'essere Daniele. Si tengono per mano, poi Andrea mi sorride e scioglie la mano da quella del suo ragazzo per farmi un cuore con le mani.

Gli voglio un bene pazzesco, se sono qui è anche grazie a lui.

E infine, poco distante, Simone. I suoi occhi color oceano non smettono di guardarmi un solo istante. Chissà come andrà tra di noi, chissà se sarà per sempre o solo per un po'... vorrei avere una sfera magica e sbirciare nel mio futuro, ma sento che comunque vada sarà bellissimo. Voglio che sia bellissimo, e lo costruirò seguendo il sentiero dei miei sogni.

E poi, all'improvviso, tutti iniziano a scandire il mio nome battendo le mani. «Ma-ya! Ma-ya!». Il brusio sale di intensità, mi stanno chiamando con voce sempre più forte: «Ma-ya! Ma-ya! Ma-ya! Ma-ya!».

La voce mi si è incastrata da qualche parte tra lo stomaco e la gola, chissà se riuscirò a tirarla fuori.

È arrivato il mio momento. E il richiamo della folla si fa sempre più incalzante: «Ma-ya! Ma-ya! Ma...». Questa volta non è un sogno, ora è tutto vero, reale.

Le dita mi si muovono quasi in automatico a suonare il primo accordo, le note vibrano nell'aria e vi restano sospese. Di colpo è di nuovo silenzio.

E io non lo so se le mie labbra, che per ora sono sigillate come se custodissero un segreto prezioso, si apriranno a formulare un suono.

Ma il mio cuore lascia cadere la corazza, che si frantuma a terra in un'esplosione abbagliante di luce.

Azienda certificata ISO 9001
Mondadori Electa S.p.A. è un'azienda certificata
per il Sistema di Gestione Qualità da Bureau Veritas Italia S.p.A.,
secondo la Norma UNI EN ISO 9001

Questo libro rispetta l'ambiente
La carta utilizzata è stata prodotta con legno proveniente
da foreste gestite secondo rigide regole ambientali,
le aziende coinvolte garantiscono una produzione
sostenibile aderendo alle certificazioni ambientali

Finito di stampare presso Elcograf S.p.A.,
stabilimento di Cles (Trento)
Stampato in Italia - Printed in Italy